诗想者

H I P O E M

续 杯

我们所忽略的
相爱之道

叶眉 著

GUANGXI NORMAL UNIVERSITY PRESS

广西师范大学出版社

·桂林·

图书在版编目（CIP）数据

续杯：我们所忽略的相爱之道 / 叶眉著. —桂林：
广西师范大学出版社，2020.4
　ISBN 978-7-5598-2612-1

　Ⅰ．①续… Ⅱ．①叶… Ⅲ．①随笔－作品集－中国－
当代 Ⅳ．①I267.1

中国版本图书馆 CIP 数据核字（2020）第 025202 号

广西师范大学出版社出版发行

（广西桂林市五里店路 9 号　邮政编码：541004 ）
网址：http://www.bbtpress.com
出版人：黄轩庄
全国新华书店经销
广西广大印务有限责任公司印刷
（桂林市临桂区秧塘工业园西城大道北侧广西师范大学出版社
集团有限公司创意产业园内　邮政编码：541199 ）
开本：889 mm × 1 194 mm　1/32
印张：10.75　　　　字数：240 千字
2020 年 4 月第 1 版　　2020 年 4 月第 1 次印刷
定价：55.00 元

目 录
Contents

一种波

朋友说，她丈夫能发现她的幸福。可她的脸上并没有笑。她让大家猜。七嘴八舌的一串议论。她说，你们别猜了，幸福，其实就是一种波，能感应到的。

脸上挂着笑的，不一定就代表幸福。也有可能是假笑。

有一次在地铁站，看到一对乡下夫妻，手牵着手，东张西望，迷路了。恰好问到我，我就把两个人送到了搭乘点。那几分钟，我能感到牵手的两个人之间，有一种波。就是让你感到安静的、安心的、微细的那么一些感受。

其实，那就是幸福波啊。没有堵塞的，细细流动的波，自然而然的波……

以前自己爱去咖啡馆、商场，爱去热闹的地方，愿意接触一下人气。如今再去那样大量人来了又去，聚了又散的地方，感到累。

我觉得是那些混杂的波引起的。有些人仅仅在面前走过，也会有一种压抑感。另有些人，隔着几米远，你能感受到一种祥和。

如果你是一个感应力很强的人，你会感受到各人的波。并不是单一的一种，是混杂在一起的。每个人发出的都不一样。

　　当你对自己的起心动念觉察得越来越细的时候，对外来的能量波，也会细微地有所感知。杂乱的波，你也会感知到。

　　波是动态的。如果内在，是互相冲撞，对立不安，指责评判等，那波就是扭曲的，你根本笑不出来，笑出来也狰狞。若你的起心动念，是良好的，软和的，不生硬的，那就有舒服的波，由内到外散发。

　　幸福？一千个人有一千种感受。没有定论，更没有标准答案。富人和穷人，并不是富人的无力感更高级，幸福也更高级，没有这个说法。

　　幸福是一种波，长成各种样子，笑只是其中一种。

最爱的旧衫

一件白色麻质衬衫，有十五年以上的衣龄。夏天来时，它是我穿的次数最多的一件。因洗涤次数过多，衣领与肩部衔接的一处，有些微的镂空感。有时，笑自己的小矫情，何惜此衣？

记得有几年，特别爱扔衣服，不想穿的，稍加整理，抱起一堆就扔进垃圾桶了，毫不可惜。用我妈的话讲——这么做太败家了。那几年，特别爱买新衣，新样式一上架，就飞快买下来备着。这件白衣，在分拣的时候，有好几次，我也想扔掉它。

不知为什么，每次，都从我的手里留下了。又过了几年，它的旧式，反而变成了另一种时尚。我又常常穿它了。有人问起，我马上有些骄傲地说，这件衣服，已经是十几年前的了。

是自己成长到什么程度，才能感知到什么程度吧？一件钟爱的衣服，虽然在有些时段，也会因为有了新欢，而冷落了它。

这真的像一桩婚姻，有时候，你觉得它样式旧了，想扔掉换新的。但是，在犹豫不决中，它保留下来了。到了下一个时段，你好像又有些喜欢它了。经历了好多的热闹与繁杂，你有了新的沉淀和思索之后，再一次打量它，发现它有了不同的味道。

那些在热闹与聚焦时，集结的人与事，在自己慢慢趋于安静时，散得也不可惜。就像那些衣服，多数为冲动购物，穿不了几次，就腻了。所以，丢时并不疼痛。

岁月会淘汰掉许多的浮世心态与追逐。一些更贵的衣物，送了爱它们的小友。一些洗好了，有了它们妥帖的去处。如今的衣橱，空了三分之二，再也不用费心考虑今天穿哪一件更美。这份坚信衣饰能让我更好的执念，渐渐放下了。

知道自己不是大根器者，笨拙地下意识地往前行，有急行的时段，而更多的时候，是小步慢行。在路上，为什么让这一件、而不是那一件衣服，陪着自己？

心知晓。

有意的执着都是刻意。衣饰、朋友、婚姻，亦是。

何谓圆满

前几天，见到了一位我在这个城市认识的第一个朋友。十几年了，她的相貌还跟我当年认识她时相近，看不出年轻，也不看出变老，只是多了几许白发。

与她一直不远不近地交往着。反而成了长久的朋友。今年的见面，她笑着跟我说，其实，我和你能交往这么久，就是因为起点低啊，从普通酒肉朋友做起，没有更多的期待和要求，反而成就了一份相对圆融的友情。

我想起认识的另一个女友，那真是"一见钟情"，她能开着车穿越半个城市，拎着她新近喜欢的红酒，就为了让我品品这款红酒的美味。有时她亲手做了卡布奇诺，也会给我送一份品尝。

她说她从没有将就过谁，但就是想和我做个真朋友。我当时也是受宠若惊。但如今，我们已经不再联络。也说不出什么更具体的原因。因缘际会的相遇，浓烈交往，相约今世不要弄丢了对方。但是，我们就是没有因缘相交下去了。

这多像男女之情。前者是君子之交淡如水，后者是一见如故情意浓。但历经岁月淘洗，淡的长久存在着，浓的烧完了就完了。随风而去。

　　一个男人和一个女人，相识的感觉无论如何强烈，都不代表能够把这一生圆满地过下来。也许突然就会因着某个想不到的原因，骤然分开。婚姻在某种程度上，更像是朋友的交往，在一个低起点开始的情感，未必不能过到底，而且越过越有味道，这种感觉，应该是一种相对的圆满吧。就如我在这个城市交往的第一个朋友，从未奢望，但却从未失去。

　　就像我一位亲戚的婚姻，从来都没有轰轰烈烈过，但真的是善缘。感情不是表演出来的。你中有我，我中有你，都渗透在日常的细节中了，谁说没有好质量的婚姻呢，踏实地过着日子，互相孝敬对方的老人，养育孩子。帮助亲朋好友，以及不认识的有缘人。就这么淡定地牵手向前，给人温润的力量。这亦是一种相对的圆满。

　　感情以何种方式示人不重要，内心的感受最为重要，一位中年女人和爱人离婚半年后又复合了，两个人为这事儿那事儿依然争吵，但是不再有离婚的想法了。这也是一种今生再认定的，相对的圆满。

　　圆满不是结果，而是一个过程。就像月亮一样，真正的圆满，就那么一晚。然后就是缺的状态。更多的时间是无限趋近，在无限的希望中。

何谓圆满？恐怕哲人也不能给出最标准的答案。因为你这一刻的圆满，不代表下一刻的圆满。唯以一颗平常心，无求爱人，比有求爱人，更易有圆满之感。相守的时候，夫妻一方，如果能做到怎样都好，就是当下的圆满。

所以，如果你的婚姻有缺憾，那是常态。我们都是凡人，我们都走在通向圆满的路上。

撒了一个空娇

好友向男性朋友询问撒娇问题。

她老公怪她不会撒娇，怪了好几次。这成了她的心病。她问，我应该向他撒娇吗？男性朋友答，这个，取决于对手的状态，如果他并没有激起你撒娇的念头，你撒娇，他也不接住，你就等于撒了一个空娇。

我笑喷了：空娇……容易闪了腰啊！

好友说，因为我没有目的啊。因为我也很忙啊。他都不管我的心情，在关键的时候不帮忙还怪我，我想撒娇也撒不出来啊。

好友总结完撒娇理论，我开始沉思。

以前我专门和人研究过撒娇，用什么语气，在什么情况下撒，有要求的时候撒，还是单纯逗对方开心的时候撒，撒到什么程度为好，就是没有想过对方不接的时候，怎么处理。

真是百密一疏啊。还以为一撒娇对方准能接呢。

可见，还是纸上谈兵。可见，我也不是一个善于撒娇的人。

这个有关撒娇的观点，我觉得男人们可以借鉴下。如果你对自己的女人不错，她能很放松地跟你相处，那这个撒娇是成立的。或者说，不用你要求，女人也会自然流露。如果你的女人，无论怎么付出，你都是一个批评家，那你提出要女人撒娇的命题，就不成立。

一个随时都可能被对方攻击的女人，会不由自主地设置一个防御机制，如同一个无形的保护壳，得防着你突然的发飙与打击，根本倒不出空儿来酝酿情绪，更没有心情对你弄个撒娇造型。

就是女人用力地撒了一个娇，你也接不住，可能会陈谷子烂芝麻一般，指责个没完。娇撒空了，无趣又无聊，那还不如该干啥干啥。省得尴尬啊。

广大的男同胞们，可以想一下，你太太上次撒娇的时间，是什么时候？

进而再想一想，自己准备好了温柔和善意吗？心理上真的爱护，行为上又真的做到了，再跟自己的女人要这个凹造型。

不迟。

夫妻关

听一个主妇分享她近期的感受。她说，她最烦丈夫出去喝酒。他带一些哥儿们来家里，她也心烦，不给人家好脸色。她是为丈夫的身体着想，所以，她生气生得理直气壮。和丈夫吵吵闹闹好几年了。虽然不至于到离婚的地步，但总归是感到憋闷不快的。

但是，有一天，她突然开窍了，她觉得她没有懂得和尊重爱人的心。他出去喝酒，代表他有人缘，他愿意带哥儿们回家，也说明他以妻子为荣。她为什么不给她这份尊重呢？因此，节日到来时，她主动跟丈夫说，把你哥儿们都请咱家来，我给你们整一桌，一年了放松放松。

丈夫很意外，但看妻子的脸上乐呵呵的，很真。他能感知到。于是，他和好朋友们，第一次毫无顾忌地大快朵颐。他再要出去和朋友聚会，她不给他脸色看了。

当丈夫的，有一天晚上，在她收拾厨房的时候，走进来，说，媳妇儿，我给你鞠一躬，你现在咋变得这么通情达理呢？一句话把这位媳妇儿说得眼泪都下来了，她说，是我这妻子没当明白啊，我以前做得太差了。

这位主妇说，她就做了那么一点儿改变，丈夫就那么感动，真是惭愧自己平时做得太差了。如今她找到幸福的节奏了，每一天都非常感恩和愿意付出，会细想丈夫的心，他到底需要什么样的幸福。

夫妻关，看似难，最着不得力。但如果你有了一颗发自内心体会对方的心，并做出和以往不同的正面态度和行为来，你的一点儿变化，爱人都是能感知到的。人心是肉长的，只是你别今天变好，明天又回到从前的负性行为中。啥也别想，过一个月再看看，对方是不是也变了。你是真的，对方假不了。你真他就真。

冰·水·云

　　一个离婚又复婚的女子说，她当年，知道丈夫有别的女人，那脸色，哎呀妈呀又硬又冰，天天跟男人吵，吵累了就离了。离了后，自己从低谷中慢慢领悟，知道是自己太冰了，男人找热乎的地方去了。

　　后来，但凡男人来看孩子，她都是和颜悦色的，就算不想笑，也硬是挤出一个笑来。一点儿一点儿进步，到后来，也就有了温柔和顺的感觉，像水在心间流过。因她找到自己对老公相敬如宾的那个点，就努力地往如水的感觉上找。并发现老公有个优点，就是特别孝顺，又爱孩子，所以她知男人必回家。

　　过了一段时间，男人真的想回头了。她什么也没有跟男人较劲。就叫上孩子去办复婚手续了。她说，她和男人现在的日子，就像谈恋爱一样的。

　　而她的心境，也在学着放松。放下从前的纠结，给自己自在的感觉，男人也就自在。最幸福的是孩子，两个人一起去接孩子放学时，孩子脸上的幸福，让她感到什么都代替不了。

　　她自己总结，女人在有一定婚龄后，是有三种状态的。当两个人因为鸡毛蒜皮的小事儿积累，出现争执的时候，女人很容易冷着一张脸，男人当然不愿意面对。这就是所说的冰的状态。也有的女人，半冰半水，就是半柔和半不柔和，这样，男人觉得你性情不稳定，也会心里没底。

当经过了一些痛苦的历程后，聪明的女人会反思自己的问题，而不是去恨对方。找到女人的位置，回到柔和的状态中。这样便慢慢有了水的姿态。再经过一些岁月，愿意修行的女人，可以修为到云的状态，自在，随顺，心无挂碍。

那这个人生就不会那么累，站在一个高度上，自自然然地，对男人对生活没有那么多的规定，男人感觉没有压力，很快乐，反而会追随你看风景。天高，云淡。

这个世界上，绝大多数女人，都要面对自我的困境。没有人代替你经历这个过程。有智慧的女人，愿意从中谦恭地学习，往回看自己，直到看清楚问题的真正所在，得到淬火后的变化，变得通透。

冰，水，云，你到哪个状态了？

说不清的爱

公众人物的暧昧曝光，当事者内心的挣扎，只要同是人类，过程中那些痛苦和隐忍，大致都差不多。只是名字换成了各种代号而已。

越来越不知道该怎么写了。在没证悟感情到底是什么之前，在下笔的时候，是忐忑的。每个小家，各个不同。

有的女人认为最大的问题，是婆婆不给带孩子，就痛苦纠结，认为这是最大的生活障碍。有的女人是因为丈夫的某个嗜好，使之抓狂。有的女人陷落在情苦中，想拔又难以自拔。有的则是病苦。有的是几项叠加。

有次给朋友打电话，是他妻子接的，说过一个小时爱人才能回来。后来跟这位朋友说，你和妻子没有任何隔阂，你没有要隐瞒她的，所以才把手机让她拿着。真的感情，不是秀的，就是在再平常不过的细节中体现出来的。绝对不夸张。

幸福没有可比性，只有当事者的感受性。年轻时同宿舍一位女友，当年她嫁人时，大家都觉得那男的有些老实了，长相也不是那么拿得出手。但是，二十年后，当看到她在微信上发的和老公开车旅行的照片，两个人的表情里，一直是认可对方的。没有任何的做作痕迹，让你想到，细水长流到白头这样的句子来。

没有想显摆什么，就是平平实实，认定了，好好过。

爱是什么？

不是刻意经营。安然，自在。让孩子于其中，感到和谐的能量。这样的爱，是大美。

女人怎么爱自己

女人怎么爱自己、宠自己？

一些女人说，要舍得买漂亮有档次的衣服和化妆品，舍得为自己花钱，就是爱自己的表现。

一些女人认为，为另一半和家人付出时，得到安稳的快乐，不用和男人一样去战斗，就是爱自己的表现。

还有的女人说，爱自己的方式，就是能够自在地为自己的爱好买单。

极端的女人说，男人咋地自己也咋地，不管是不是在作践自己。

爱自己的方式，取决于自己各个阶段对人生的理解，到什么程度，在哪个层次，就会有哪个时段的理解。

比如，我年轻的时候，爱自己的方式就是，舍得为自己花钱。要是有哪个女友，因为一件衣服贵而犹豫不决时，我就会送上"你现在不买，难道等五十岁后身材变形再买吗？"之类的劝说。这类话比较有杀伤力，经常能让女友们把钱狠狠地花出去。

忽然有一天感知到，自己以前的观念太偏狭。外在的打扮当然有必要，但对美食美衣美景的执着，只是形式上的，并没有从根本上改变个体本身。

遇到事儿，该痛苦还痛苦；出去旅行，并没让我的快乐持续；穿上喜爱的衣服，吃到喜欢的美食，是乐了。但这乐，也就那么一阵儿……那些成长道路上的心结，仍然时不时地现形，提醒我，这些都是没有过的关……

走了很久很远的路，忽然有了新的感知，女人爱自己的方式，那些表面的爱自己的功课，并不一无是处，有的选项也是过程中的一环。但终极地爱自己，还是要回到自己的内在。

李敖前妻胡因梦，星路光明的时候，她吃香喝辣地爱自己，反而焦虑得不得了，迷茫得不知如何是好了。后来她放下这些，转而面对内在，寻找真正的安宁和快乐。从她近期照片上，能感觉到那种安宁自在的状态。她说头发都是自己动手剪的。那种美，和年龄无关，是由内而外散发出来的，非常的耐人寻味。你不会觉得她老了，你只会觉得她从心里爱自己呢。

每个女人都是带伤的天使。真正的爱自己，不是从外在拿一些什么到手了，就好了。而是下决心从内在中，扔出去很久以来背负的负面记忆和能量。

这，也许才是终极意义上的爱自己。

无根婚姻与有根婚姻

朋友圈里，一位美丽女孩，被一英俊男孩迷住，非他不嫁。母亲再三阻拦，都没好使。怀孕时匆匆嫁掉，几年后离婚。当初反对她的母亲，不得不放下其他的事情，来到她身边，帮她照顾仅几岁的孩子。

当初，母亲坚决反对她嫁这个男孩的原因，是他喜欢打牌，他父母也喜欢打牌。有时着迷了，你怎么叫他下牌桌，他都不下来。热恋的时候，他可以在事后哄你，把你哄高兴。进入柴米油盐的日子，吵一次，又一次，就爱谁谁了。

这是无根婚姻的一个例子。无根婚姻是什么呢？是什么都不顾，喜欢对方，就直接去追去接受，为了这个人，和父母亲人闹僵也在所不惜，说这是真爱！你说你是真爱，你真爱怎么过一阵儿又离婚了呢？

也有的女子，嫁男人就是奔着享受财富和情欲去的。你想享受，你奔着这个去了，反而不一定享受得到。有多少的婚姻，因为情欲很快淡了，感觉变了，维持婚姻的那些光鲜的花朵，本就无根。所谓的真爱，无非是情欲的高涨，随风而逝，就这样消散了。

还有的女子，为了和所谓的爱在一起，伤了对方的爱人孩子，这样的断别人根的姻缘，想幸福也难。

有根的婚姻则不同。在遇见的时候，不是看谁有感觉就冲过去，而是做好自己的同时，看对方家庭所拥有的一切，是怎么来的，人正啥都会正。因为根子正，又有双方家人的赞许，不伤亲心，得到祝福，才有安宁幸福。

有一位老人家说，找对象，不是看对方现有什么，那些都是浮华表面，要看就看这家祖上三代有没有德行，德是根，有德就有福。有德啥都会顺。

到底，还是看自己与双亲的关系。一个从小敬重双亲的人，长大了自不会做出伤亲心的事情来。

幸福的婚姻，都是有根婚姻。

你的"储爱槽"里有什么

心理学中，有个形象的说法，就是每个人都有一个"储爱槽"，那里面如果在小时候装了足够的爱，那么，你长大后，就是一个会爱的人。

的确有道理。

其中一类女人，虽婚龄不短，但和爱人的相处模式，仍是吵闹、冷战，为引起对方的注意和爱，不惜短时离家出走，或者制造出"你不对我好有的是男人对我好"的假象，自家男人当然越来越不买账。

另有一类属未婚女子，恋爱的失败率极高，想结婚，却思而不得。恋爱的过程，就是无限需索的过程，怎么努力，都无法填满。

还有一类较为极端的女子，小时候极度缺爱，长大后，只要有人给一点儿爱，就会走向这个人，隐忍、委屈，坚持着。等对方再给一点儿爱的心态，像一个乞丐。

这三类女人，其实是同一种。都是以对方为重心，通过对方来确定爱的感受。

如果一个女孩儿，小时候没有被温柔对待过，在需要被爱的时候，得到的是冷落，或者接收的多是打骂与威胁性的话语，亲人没有给出爱的互动，成年后，她的"储爱槽"就不饱满，或者说极其匮乏，那她和爱人的互动中，就缺少爱的能动性。

"储爱槽"里的爱，少得可怜。你给不出对方正常浓度的爱。并且因为匮乏，你的本能里反而会不断地索取，来添补这个空间。激情阶段，男人当然愿意给，但爱的热度降低的时候，女人这一方就会感到不安，不安的爱，双方都不会舒服。

对于有这类困扰的女子而言，应先给出去爱。越少越要给，给出的，会再返流到自己的"储爱槽"里。而且，带着爱的复利。

这和心理学上讲的"黄金法则"是一致的。这个法则也是让你先给，你想要什么样的爱，你先给出去。回来的爱，有时反而比你给出的多。慢慢地，你会爱了，你的"储爱槽"接收到的爱，也就越来越饱满了。

但请一定记得，你给出的爱，得对路子，对方想吃饭，你给的是咖啡，那就没用了。

给。到对方心里去。

观者不清

在下午茶的时段，坐在咖啡馆里最大的福利是，你能免费观得各式男女。时间一久，也修得一些眼力，比如谁和谁，是不是阳光的男女关系，两人关系到什么程度了，大致都判断得出来。最有趣的部分，还不是这些男女的交流。女人和女人的互动，其实更有意思。

有时候，你会看到两个或者三个女人，在为其中一个苦恼的女子出主意，摆事实，讲道理，掰开了揉碎了地开导，如同一幕活话剧。奋力讲的人，急得火燎屁股，而那个苦恼的人，梦游似的，眼神儿看着专注，实际溜了号。

为什么会出现对牛弹琴的画面？因为你不是她，她不是你。你也没有修为到"他心通"的异能。有时候，你好心出的主意，是你自己过去的经验累加得出的认知，不是她的。所以，很有可能是一个错误的主意。

女性好友之间，就是这么热心。她情感上婚姻上有烦恼了，你比她还义愤填膺，心疼她，为她着急上火。你以为你旁观者清！

实际上，她的这本经，是因为她这样经历、这样性格的人，才产生这样的问题。你不是她，你给的答案，又怎么能和她的命运对机呢？

而且，她也不一定会把内心的东西全盘托出，她有难言之隐，你的判断就更易有所偏离。婚姻是一件冷暖自知的事情，最近踢爆的小三儿事件，如果不是被敬业娱记偷拍到，这对儿大众眼里的幸福楷模，谁能了知女主暗夜的不安呢？真相，有时候，当事者也未必了知全部。

从前，我也爱卖弄个小聪明，给女友当当主心骨。我记得有一次出差，听说一个好友的老公太不像话，女主非常贤妻良母，我当时都想找到这个没良心的男的揍他！好在没有出手。那是人家的家事因果，我以为我是谁？

记得有位女子，离婚好久，但每次来访，必大骂前夫数分钟。这股可怕的负能量一直压抑着她，不得解脱。看到痛苦的伊人，真觉那个"情"字，太过累人。

不是不让你为好友分忧。只是，做一个朋友身边的中国好闺蜜，先得好好修持自己的智慧，在自己的婚姻里好好行持，习得了智慧，自己的生活理顺了，还了知这多面的人心，才能给出一二的参考。

最正能量的一条，别忘了：人的本质都是善的，就是俗语说的人心都是肉长的。劝女友的时候，多保持同理心，多启发女友，学着看清自己的内心，这是重点。

请谨记，观者未必清！

谈得到

认识 20 年的好友再婚了。我初抵触，后慢慢接纳，悄悄问她，感觉如何啊？她说，不知怎么表达，不知为什么，她有时一上午都在忙自己的事儿，男人做好饭叫她时，她才感到一上午过去了。

我再问，是忙吗？她说，忙是一方面，从内心的感受来讲，就是感到好像有什么东西没有了。

看我没有明白似的，她进而又说，就是以前感到胸口有一股气，现在消失了，具体消失的是什么，无法用语言说清楚。

好友进而又说，如果你特别想得到什么，就别那么急，其实，你得到了又怎么样呢？得到的同时，好像就有些东西、有些感受不见了，你再也找不回来了。

她的话，我琢磨了好久。似有所得。情浓转淡。事圆则缺。不是不好了，是那种高峰体验消失了，总之是失去的感受吧。

曾国藩是大人物，他把自己的书房取名"求缺斋"。设计师马可把她的服装品牌叫"无用",国母出行必备,你说有用无用?喝茶的杯子有一种叫"戒盈杯",有一两处破口,让你别装那么满……都是有深意的。谁敢标榜完美?圆满又在哪里呢?

婚姻中行走 30 年的一前辈,指导烦恼的年轻女人,说,女人,对男人不能太热了,太热了男人被烤得受不了,就往外跑。也不能太冷了,太冷了像个大冰块子似的,男人也要被冰跑了。所以,女人得炼成一杯温水,不能太热也不能太冷。

孔子说:"唯女子与小人难养也,近之则不逊,远之则怨。"婚姻中与男人相处的艺术,同样是太近太远都不行,寻找那个中道的过程,需要多久的时日,看自己的了悟和行持。

万事都有中道。什么时候,这个中道的感觉找到了,并能行走得自然自在,那就是在圆满中了。

相对的。

夫妻权重与母子权重

一友经常找我聊生活的天儿。我看到她的表情变化，总是想笑。聊天儿中，当主角是儿子时，她的表情就像聊到小情人，不管是聊什么细节，都笑得特别甜美。话题转换，聊到丈夫时，她的表情立时就变得像被云彩遮挡了的阳光。

然后我开玩笑说她太看重儿子，她决然不承认。她陪读时，为儿子做饭洗衣任劳任怨，像个仆人。一回到家，做饭就成了老公的活儿了，像个主母。

我耿直地说，你该以和老公的关系为重，现在这样，权重比例弄反了。如果这样下去，以后儿子的婚姻，也可能重复这个模式。在心理上，这是种潜意识复制。

这句话她一下子听进去了，因为事关儿子以后的幸福，她的神经就绷紧了，不过这个心理，仍然是以儿子为重。但如果为了儿子，能改变夫妻相处的模式，那也是很好的。

如果夫妻两个，一方或双方都以孩子为重，那么孩子的幸福感就少得多。孩子随时在学习男女相处，在父母日常的互动中学习。如果夫妻不互动，或互动得不好。孩子将来复制这种模式的可能性很大。这不是偶然。很多东西，在无形中就传下去了。并不是信则有不信则无。

　　家族的能量是神秘的流动。如果想要下一代幸福，要注重夫妻之间的心灵流动，而不是两个人的能量不互动，都流向了孩子。那孩子不但感受不到幸福，而且有孤独感。孩子长大后，可以想见是怎样的生活。

　　除非从你开始改变，把重心移回夫妻关系中。孩子天然的，什么都知道，根本不用你灌输什么。

婚姻在某种程度上，真的就是瓦全。那些岁月里沉淀下来的细节，互相的渗入与习惯，不是外来的风，随意一吹，就破碎的，它可以摇摆，可以激烈动荡，可以低落，但不会轻易碎掉。

瓦 全

有一次，坐出租车，司机放着一档情感互动节目，一个女的讲她男人如何如何的不堪，可能男人犯错儿的细节都差不多吧，还没等诉说的女子提问，这个女主持人说，赶紧离！完了该干啥干啥！

我听得心一凛。

后来听说，本城这位女主持人，就是一个受害婚姻中出来的人，种种愤恨的情绪仍憋在心里，投射到节目里，她出的主意都是非此即彼的主意。所以，真的想建议做这类节目的人，要好好地学习一下如何倾听与化解，起码不能激烈地让人家离婚吧？

当事者尚且没想好，你怎么就给决断了呢？本来是要诉诉心伤，你哗地撒一把盐，人家一冲动离了，然后又后悔了，怎么办？接下来的日子，你又不能替人过。

婚姻在某种程度上，真的就是瓦全。那些岁月里沉淀下来的细节，互相的渗入与习惯，不是外来的风，随意一吹，就破碎的，它可以摇摆，可以激烈动荡，可以低落，但不会轻易碎掉。

瓦全，不是迫不得已，不是下下之选，恰恰是一种婚姻的智慧主见。没有任何事情是十足完美的。婚姻如同衣服，脏了，洗洗再穿吧，有时脏得狠了，有了一个不小的污点，你用除污剂处理后，还会整洁。取决于当事者想不想要这件衣服。

这世界上，总有人结婚，也有人离婚。为什么结婚越久的人，越不易离婚，只因在这些瓦全的岁月里，两个人都磨得圆融了，不那么扎人了，也不想再和新的人来一轮新的磨了。

不要以为年纪大的人离不起婚，而是瓦全的日子，云淡了，风轻了，成长的灵魂担得起对方的不足与遗憾了。

别看不起。

尊重之"炭"

通过多年的观察，我发现能够称得上幸福家庭的，女人通常比较尊重男人。不管男人在低谷或高峰，女人都能够表现出对这个男人的认可与淡定。

说别人的生活，多多少少都带着面纱。我举个亲人的例子好了。比如我妹妹，她当年是不想和她先生谈恋爱的。后来阴差阳错，两个人反而要好了。二十年后大学同学聚会，她和先生是少数幸福指数较高的一对。

她先生每周出差，有时一周飞两个城市，按说已经习惯得像吃晚餐一样了。先生每次出发估计抵达出差地的时候，她的问候都及时抵达。我问她，用不着吧，老夫老妻就别客气了。她说，我这不是形式啊，他去哪儿，都是和我在一起啊，这就是聊天儿一样，交换信息。

她嫁他的时候，母亲觉得男孩身高不太够，配不起自己的女儿。妹妹说，她在这方面，没有一点儿虚荣心，她只知道，两个人要合拍，这人生，需要两个人携手啊。

男孩是家中长子，妹妹知道他是有责任的，所以，在钱、能力所及之处，先生怎么帮家里，她都觉得OK，一同想办法。就算不是亲人，陌生人，能帮的，也是真心去帮，妹妹跟她先生说，人在难的时候，你帮一手，没准儿就可以改变这个人的命运了。我暗暗喝一声彩。

有一位女友，我送给她的礼物，她说，只要先生没有品过的，她一定会等着先生回家，一起品尝。先生就算是说了做了让她接受不了的话和事儿，她都不会去撕破。她觉得都是成年人，要学会改变自己的。但她发现，她这样地待他，并没有宠坏男人，男人过后反而不好意思任性了，反而会进步一些。

她做得好的另一个点，就是对婆家的人都很尊重，就是如弟媳一般要尖的人，她也能与之和谐相处。不就是多做点儿，多吃点儿亏吗，只尊重男人不尊重婆家人的，说幸福指数高，那是骗自己的。因为尊重是正能量，不尊重、假装尊重都是负能量，能好到哪里去呢？

现代女人，多数都有工作，有的事业做得也不错，如果先生有时境界低点儿，或者一直事业上不去，那种心底的尊重感，起码在潜意识层面，会悄然降低。

这个阶段，注意觉察、接纳非常重要。谁的一生，都不可能总是平路，当对方处在某个卡点，你在情绪上和行为上给对方以尊重，就是最好的"炭"。

假装尊重的，表演性质，负能量，千万别装。

婚姻不是婚礼

　　从前读琼瑶的小说，帅男美女好像吃饭后不用洗碗似的，结婚后生孩子不用给孩子喂奶换尿布似的。童话也那样说——从此王子和公主过上了幸福的生活。貌似一场盛大的婚礼过后，自然会过渡到幸福生活。

　　副作用是，很多女孩，在决定和一个人结婚的时候，关注婚礼高于婚姻，穿什么样的婚纱，如何办才超过同事同学朋友，去哪里度蜜月……谈论如何尽自己的责任的，是有的，多不多？可以在身边人那里调查一下。

　　每个女人都期待一场像样的婚礼。但是婚后呢？我当时就被婚后的琐碎生活吓呆过。房间一天不擦，灰尘就隐约可见，如果工作忙些，几天不洗衣，那简直就是乱透了，天天吃外面的东西感觉不好受，学着下厨爆锅时感到浑身都染上油烟味道，心情糟透了。婚姻生活原来是如此接地气又需日复一日地磨啊。

　　还要学着面对对方家人，处理新的人际关系。从来不曾细思量，婚姻是一门庞大的学科，厨艺，人际，清洁……没有心理准备直接从婚礼进入琐碎，日复一日，你会不会崩溃？这里还没有算上一方出轨或双方出轨的折磨。

仅仅靠当时头脑发热的爱，不足以应付接下来几十年的相守。

所以，先演习生活，再决定婚礼，应该不错。你看一次又一次遇上"渣男"的女子，对婚礼后面的生活，心里根本没有任何准备，再加上自己原生家庭的隐性创伤。不是你倒霉才遇上"渣男"，是你本身的思维只到婚礼那一步，婚姻中的琐碎考试怎么可能及格呢?

婚前的功课，人们普遍做得不足。对于婚后的角色，双方都应怎样去做，香港这方面做得较好，婚前的培训做得到位，婚前会上一些婚姻辅导课程，只要你肯去听，都会有收获。避免了之后太多的冲突和失望，对下一代也比较好。

如果您是过来人，当年轻女子只对婚礼憧憬不已，绝口不谈婚后时，请您稍稍提点一下，如何有技巧地处理婚后种种事宜，让她们少走一些弯路，少受一些摸索的苦。

想进入婚姻，先自我历练一番再说。

请变心

脸上展示的无声语言，骗不了人的。

每天从你身边走过的路人甲、路人乙，你瞄一眼脸，从其眉头间的纹路，可知她们的生活状况如何。所以，别去羡慕别人晒在微博微信的幸福，别看别人满屏的抖机灵、晒聪明。看脸识人，只有你看到真人的脸，气色佳，细节平和，这时，你再向她请教幸福秘诀不迟。

脸是一张活牌。最遗憾的是父母给的一张好脸，在岁月里做好多上不得台面的事儿，耗损成了一张负能量满满的脸。

如果你想有一张好脸，一定要养。这个养，不是天天敷一张面膜，做做微整。这样的用处有，但微乎其微。你面皮保养得再紧绷，你的心不幸福，你的脸上都会泄漏出来的。眼睛独到的人，一眼就能看出你的人生经历。就是眼睛不独到的人，也能感觉出这不是美，这是粉饰。

是的，要从心上下手。面相上的学问，和心理学有相通之处。一个人的脸，记录了他成长的过程，不论好的、不好的，细节的累加，都会以某种形式留在脸上。一个人的面相也像日记或周记、月记、年记，一样写着最近的生活状态和思维方式。所谓相由心生，错不了的。

比如，你以前的感情混乱，明白了这样特别损脸，脸和眼睛以后会老得很淫贱，那就修正过来，好好地过一份清白的生活。比如，你总是说话刻薄，明白了脸上也会留下刻薄的表情，损福，一时改不了，那就学着闭嘴，等心不再想批判时，再张嘴；比如你爱占小便宜爱算计人，脸上会有奸诈的气质，那就学着给出；比如你看不起人，脸上写满傲慢，那就学着看别人的优点……

养面即养心。想改变，不是一蹴而就的。耐心地，以日拱一卒的心态，细水长流地改变自己的心。当有一天，你的气质变了，就是你的表情变了，你的表情变了，就是你的心变了。

请变心！

"男尊女卑"正解

《易经》讲阴阳，男人为乾为天，所以为尊，女人为坤为地，所以为卑。这个"卑"字，本来是代表大地的包容与厚重，结果很长一段时间里，被曲解成了卑下、卑贱、低三下四等意味。

女人是主守的，男人是主开创的，所以现在不管婚姻的模式如何，如果选择一方全职的话，还是女人居家占绝大多数。这样的婚姻模式，更符合阴阳理论。

男女平等，真的不是去和男人争同一个地盘，是指人格的平等，男尊女卑，为天为地，都是平等的，只是属性不同，在家带孩子和在外上班的价值，是同等的价值。

女人属于大地，大地安宁了，天才清。同理，天清了，地也会安宁。夫妻间的心灵环境是相互制衡的。正向的制衡就是互为表里，互相成全。

女友说，关于这个方面，她和先生交流过，她以为安全感是男人给女人的。她先生说，错！其实安全感也是女人给男人的。男人回家的时候，如果感到家里的各方面都不舒服，或者回家后常常看不到妻子，就会感到不安。婚姻中的磨合全在细节和感受。秀是一时，淡是一生。

就像天地的相互作用，夫妻是在动态中寻求平衡。越是阴阳调和得好的家庭，幸福感越强。就像大地受太阳的照射，地气蒸发上去，到天上遇冷形成云，再进而变成雨，降下来滋润大地。如此周而复始。禾苗才能长大，孩子才能慢慢成长。

想看一个人的婚姻是不是阴阳和谐的，只需看看这个家庭中的孩子。如果看上去阳光而温和，就是家庭能量平衡很好的。如果感觉这个孩子内向而心事重重，面色不阳光快乐，那可能就是阴大于阳了，证明其父母的婚姻质量不好。作为原生家庭的父母，需要调整心理状态了。

家是一个整体能量体，只要成员之一意识到了，真心做出正向改变，那么其他成员同时都会动，慢慢就会形成真正的正态和谐。

作用是相互的，谁也缺不了谁，没有谁高谁低一说，能量低的会把高的拉低。心态健康的男女，都会自省，能给出自己的正面能量来。

好婚姻就是阴阳平衡。

你的争吵，不是此刻

收拾卫生时，我突然爆发。对乱糟糟的房间忍无可忍。对方说，你不要管，我不觉得乱。我更生气了，你以前不是老因为房间乱，一次又一次跟我妈告状吗？如今我兢兢业业地搞卫生，你又不愿意了？

这个导火索，有更深远的原因，他因为小时候家里乱，就希望自己以后的家，要整洁要干净……但是，他一面讨厌乱，一面制造乱，完全复制从前的无序状态。我能不生气吗？再看看我，小时候的家，是相对整洁的。但是收拾的家母总是气呼呼的，一面抱怨一面整理。

看看吧，我们争吵发生的一刻，并不仅是当下事件本身。是同一类事儿，沉积日久，浓度很大了。

夫妻争吵发生的那一刻，不是两个人在争吵，起码有六个人搅在一起。这是心理学爱好者们分析所得，并且得出——你此刻愤怒的诱因，不是你此刻愤怒的真正原因。

是的。所有发生的当下，都是因为背后的累积。想当年，你会因为对方把东西放错了地方，造成你的不便而发火吗？都是一个一个的同类小事儿的累积，才使得在某个时刻，面对同类的事件时，突然旧事翻涌，激烈爆发。

而对方却说，这么点儿小事，你发这么大的火干吗？两个人的愤怒点不同，你因此类事发火，他因另一种事儿发飙。是后面的原生家庭、父母辈的互动方式，在起着集体无意识的作用。她有她的原生家庭环境、互动模式，你有你的原生家庭环境、沟通方式。不同的基点，就像不同种生物在对话，用一个词儿来说，就是"鸡同鸭讲"。

但是，也有一些冲突不大、沟通顺畅的夫妻，其原生家庭也是有很大差异的。但有一个基本点，就是即使愤怒相向的时候，也不会互相进行人身攻击，内心的善意本性是主导的。

一些夫妻关系，在某些阶段，复杂纠缠；有些阶段，疏离淡然；有些阶段，黑暗无助……最终还在一起的，都愿意归结为那个神秘的"缘"字。

也有些争吵是内心的。不管是表面还是内心的争执，如果一个与你交集很多的人与你疏远，并不是一件事儿造成的场面，都是一而再累加的负面场景。

所以，请扩大化地，立体地，历史性地，反思自己。

你真的会爱自己吗？

以前以为的爱自己，是今生别亏待了自己……

用物质宠爱自己，我这么做过，但心情不好时买的衣服，不论贵与便宜，只要一穿上它们，就想起那天因为什么不快。只好把这些在情绪不稳时买的衣物，都送出去了事。后来，谁要这么劝，我一定否定这类用物质哄自己的方式。这方式当时有点儿用，过后就没用了。反而变成一种变相的提醒，引发再次不快。以物质的方式爱自己，定要在心情好时，才不会买回来负面记忆。

再后来发现，你在心情好时，享用的美食美衣美景，好感受很快就会消失。不过如此。再后来发现，爱自己的方式，先要从接受自己、爱自己本来的面目、本然的心开始。一切和自己的战斗、评判，都是对立，这才是不开心的源头。

接受自己了，接受自己不完美的外在和内在，别人的夸奖和否定，就不会让自己内心起太大的波澜。因为那是别人眼睛里的你，投射的是对方自己。在好和不好的处境下，你的心都能安定，便是最好的爱护自己。

真的接受自己了，也就表里如一了。怨妇都是不爱自己的。本来不愿意的事情，还是做了，心累就产生抱怨。心和行不一致，所以才难受。

爱自己，是找到并接受最真实的自己。从此点出发，才具备真实的正能量。

耍脾气

用发飙表达爱你；用指责表达在意；用冷战表达温柔，用要挟离婚博取关注……

你耍的脾气，你流的眼泪，你说的杀伤力十足的话，全是反的。全是因为爱着这个男人，关心着这个男人。

你整一次，他哄。整两次，他哄。整三次，他哄……慢慢他就不哄了。

男人怕麻烦，哄着哄着就够够的了。女人越闹，男人躲得越远。

而且男人不管有没有出息，他们在心理上都比女人沉稳，这是男人属性决定的。在一些场合，你能看到女人痛哭流涕又骂又闹，你能看到男人这些崩溃似的哭诉吗？看不到！不管他们是不是成功男人，生活中极多的负性情绪，都压抑到潜意识里了。所以男人普遍比女人寿命短。

如今，经常会被暮年夫妻牵手散步的画面感动，不再艳羡那些一时你侬我侬、一时天崩地裂的小夫妻。一次，和好友走在路上，好友说，看到这样的画面，感到被深深的温暖触动！

我深以为然。一对老年夫妻，中间肯定发生过这样那样的冲突和故事，有的岁月也许不止一次站在人生的悬崖边上。

其时，好友正和先生闹着矛盾，她的感慨，让我感到，她对先生，已然改变了耍脾气冷战的态度。

我们还是女孩时，在精神和物质上都被富养的，并不多。所以，女孩进入婚姻后，在"缺"的心理中，不会正面表达需求，多是选择了闹或冷战。而男人不愿意应和时，婚姻自然陷入危机，长期这样的气场，对男人的健康影响更大。

你若不忘初心，愿与偕老，请不要再用反面的方式表达情绪。

用软语表达在意；用拥抱表达爱意；用沟通表达温柔……

伪装者

例一。她 5 岁时，父母离异。她结婚后，也是在孩子 5 岁时办理了离婚手续。在这之前，表面上没有人看出她和他出现了什么问题。

例二。她 6 岁时父亲去世了。她结婚后，自己的孩子 6 岁时，她离婚了，虽然人还在，但孩子失去了家，以及父亲时时在身边的爱。

例三。她 35 岁高龄生下儿子，与老公常年分居。细究过往，她发现，自己的母亲和父亲，就是在 35 岁前后出现了重大冲突，虽然形式上没有办理手续，但心不在一起了。

有时候，命运像一个伪装者，把神秘的礼物送到你的面前，你以为幸福就此来了，不想是一出戏剧的开场。每个家族都有自己的命运轨迹，像有一双无形的大手，不紧不慢地，把每个人缠缚于因果链条之中。

发现命运的神秘规律，并不是让你臣服于命运的脚下。台湾节目主持人陶子和丈夫李李仁，两个人原生家庭都是离异的。她和他在结婚前，就互相承诺，如果结婚，一定给小孩子一个完整的家，两个人在这个框架之下，所有的冲突都要让路。对于他们，最大的考验是，当出现了双方心理预期之外的事情时，还能不能坚持这个婚姻？

这是在事前就明确约定不重复父母命运的例子。婚姻需要漫长时间里的心力体力耐力，如果你对家族命数的缺憾没有足够的警惕与预防，请慎重结婚生子。

不要去看别人晒出来的幸福，那都不是婚姻命运真实的原貌，不管里面有几分真，那些美丽状态都只是原貌的一部分。

真正的幸福，是当你真的度过了父母家族的婚姻变故节点后，才算是冲出了原生家族这双大手的翻云覆雨。

一家之言，请对照。

用的什么念头?

一位觉得自己贤惠,却被男人背叛的女人,出来诉苦时,向身边的年轻女孩儿传授经验,不能做贤妻,看看我,如此付出,却如此被辜负!

被辜负的贤妻们,语气负面,面相不乐。这位受伤的贤妻,确是家务能手,在外面工作也能独当一面。问,做的时候,心里在想些什么?说,心累,身也累,阴沉沉的,也不知想些什么。忙完外面,再做家事,就是感到很累。

用负面念头做事,再以引发出的负能量持家,会是怎样的?印度是瑜伽士非常多的国度。高级的瑜伽士,能从送到他面前的饭食判断,烹调者在做饭的过程中,心念中有没有升起过嗔恨。

有本关于心灵瑜伽的书,里面讲到一个这样的例子。一位很有修为的大瑜伽士,路过一户人家,停下来吃饭。这家男主人,把女主人精心做的五六碗食物,放在托盘里,恭恭敬敬地端给了他。可这位修行人,只拿了其中的一碗。男主人觉得他肯定吃不饱的,就问,另外的食物,做得不可口吗?修行人答:我不吃用嗔恨心做出来的食物。

男主人根本没看到妻子发一句火，当然不信，走到厨房去向妻子求证。妻子说，那位修行人说得对，只有他拿去吃的那一碗，她是用欢喜平和的感恩心做的。另外的几样食物，她在做的时候，因为突然想起以前的琐事，情绪上起了一阵儿烦恼嗔恨。

这可能不是贤妻被辜负的全部真相。但从这个例子中，可以透过表相的贤惠，看到背后，你在做着贤妻时，你擦灰尘时，你洗碗做饭时，在所有大大小小的琐碎中，是以什么样的心念在做，是不是以负面念头在做？

如果心里有不满，表面做得天衣无缝也没用，不是真的，对方能感受到，你做的一切成了负累。如果对方觉得你的付出，是在求赞美，求对自己更爱，他感到压力，压力让心不舒服，就不易领情了。

贤妻被辜负的原因，有很多种，底层的原因，可能还要归结到自己的心上。心念在正能量上，不期待对方，正面结果的可能性更大。

负念有毒，随时观察自己的心念，是正面的吗？

共勉。

"配"与"不配"

一位来访者说，她经常有"不配感"，觉得这么贵的东西，自己不配；这么好的男人，自己不配；这么好的公司，自己不敢想……

婚姻大事，她选了条件低于自己的男人。她说丈夫对她并不好，也许是从她身上，嗅到了一些"不配"的信息。她在感情中受苦，无法处理好关系。

那么，这个"不配"的反应模式，是从哪里来的呢？

她在原生家庭的存在感极小，与姐姐比，她长得没有姐姐好看，性格没有姐姐温和，姐姐多病。父母公开地疼爱姐姐，没有公平对待两个孩子。

她的记忆里，母亲不止一次地说她长得不好，心眼儿少，不分场合，不管有没有外人在场，想说就说。她当时那种恨不得隐遁又无处可逃的心理感受，她忘不掉，就小心地隐藏了起来，变成了暗伤。

她自评是低自尊者。即对自己的认知，有着低于真实的评价系统。这个系统的运作，在每一次重大决定时，就会在脑子里自动做出反应。这是她的原生家庭塞给她的。亲人毫不愧疚。

她做过多次心理咨询，进行内聚性自我的重塑，把被打碎的真自我，重新聚合。有了一定的成长。此后，在生活中，每当这个状态运作的时候，渐渐地她觉察的时候变多了。创伤修复是疼痛的，蜕变需要时间。

不会爱自己，对自己的认知低于别人眼中的自己。这些心理痼疾，多来源于原生家庭，抚养人在日常中不断的低价值渗入，于被抚养人变成了一种自动反应模式。长大后，与另一半的关系，这种近距离无遮挡的关系，对方的表现，渐渐就像重演童年时自己与抚养人的关系。

一部分人，看见痛苦的似曾相识，疗愈由此展开。就像那个敏感的姑娘，她隐约发现了不对劲儿，开始了自我觉察与成长。

当一个不会爱自己的女子，开始看到，自己有缺点也有优点，正常又独特，不再随意评判自己这里不好，要改改，那里不好，要藏藏……接纳自己本来的样子，而不是别人强加的那些评判。

就算是父母，那也是别人，那一套认知模式，是别人认知体系的反应，不代表正确。只是一种评判而已。

好好整理自己。慢慢来。

幸福当事人

一位"80后"男子分享婚姻心得。他说，和妻子交心，他讲他婚前谈了几个女友，她讲她谈过几个男友，结果发现两个人谈恋爱的次数都是一样的，而且时间点上都差不太远。有没对上的，两口子再往深里交流，发现他谈的某次恋爱，她没有谈，但那个时段心里是对某个异性动了心的，并没有"闲"着。反之亦然。

由此，他总结道，能成为夫妻的人，没有什么吃亏或占便宜的，都是同等的分量才会走到一起。所以说，幸福与否，你不是受害者，也不是局外人，你本人就是幸福质量的当事人。

套用他的真实经验，再观察身边的人：其一，女的婚前有过两次未谈成的恋爱，男的亦是，女的婚后动了一次很大的心，男方亦是。后来就都老老实实地过着小日子，一家三口好着呢。其二，女方婚前婚后都有不小的感情波动，婚前的男方知道，相当于勾销了。婚后的女方没让男方知道，但她无意中发现了自己男人的"秘密"，真的是因果不虚，真的是她有几次，他就有几次，加上"时间利息"，男人的"问题"更让她痛苦。

任何事的发生，不会没有因果。宇宙有一个大算盘，就算你没有真的去实行，只在心里打主意，都是能量，被无形中记录于宇宙的能量库中。能量不会自行消失，它遵循守恒，所以才会人以群分。

　　夫妻就是一对能量纠缠体，在感情中，所发生的一切，没有多一分，也没有少一分。如果时间推后，还要加上无形的"利息"。最终都是平衡的。

　　这位"80后"已婚男子对自己的婚配剖析，给了我事实的启示。由此呼吁各位，请停止抱怨，请开始思考，你们成为夫妻，你们如今不堪，肯定是有你心知肚明的原因。都有情感账码。

　　没有浪费的眼泪，只有自误的心机。
　　对上号儿了，就会释然。如此，想好好的，也就不敢乱骚动了。

生活白痴

儿子以前经常批评我烧的菜，说他都饿瘦了。先生跟儿子做工作说，你妈妈当年是文艺女青年来着，别要求太高。

孩子饿瘦了，妈妈又怎么能心安呢？周末或假日，不再张罗出去吃饭。先生和孩子负责采购，我做三餐，密集洗碗、擦地、收集脏衣服来洗。看我如此认真地低头默默劳作，先生说，不用成为环境的奴隶，差不多就行了。

他说这话的时候，我正背对着他，跪在地上，手持抹布，细细擦拭地板。我说，你知道吗，一个伪装小资的女人，文艺女青年，如今烟熏，火烤，水洗，清灰，挥铲，金木水火土，家务五行，凑全了。之后，我淡淡地吐出一句：这叫接地气。

背后电脑前的男人，长长沉默。

这么说吧，我得到这些做家务的基本能力，是经过了艰苦的努力，很感恩。他们的知足，是因我的起点实在太低了。我一直是一个生活白痴。

首先，我是一个超级路痴。路痴到什么程度，搬新家第一周，是找不到家的。总要家人下来接。有次搬新家，我出去给资料扫描，那条路要拐两个弯，我去几次迷几次路，总是拐错弯儿。

我对电子类的操作也白痴。白痴到什么程度，这么说吧，姐姐送了一个很贵的智能手机，儿子的同学看了后，以为是山寨的。因为我除了上网刷刷微博微信，其他的功能基本未动。音乐也没有下载一个，儿子说白瞎了这个手机。

我对生活事务的操作更是白痴，白痴到什么程度，这么说吧，比如一道菜，我做了好几次，但如果不做了，这个程序就再也记不住了，好像设置了自动删除。经过多年历练，还是时时感到绝望。

就是这样的一个女人，也被娶回家，把孩子养大，自己惊人地走进中年。每当孩子和先生担心我上当受骗时，我会生气地说，我不是安全地活到这么老了吗?

不能否认，心理上，我还存在矫情。年轻时发表的第一篇文字，是一首诗歌。文艺女青年的标签如入血液，玩的多是小感觉小气质小矫情，导致不接地气好多年。

生活以悠长的方式，不断地提示设卡，没有真正过关的内容，就会不断地重新来过，直到你真的成长了，也不再出现对境了。

如果没有他们，作为女人我今生都无法开展女工这一课。就像一只笨蜗牛，在路上爬。有时累得不想走了。但还是知道，所有今生该过的关口，一样都不少，除了往前走，别无选择。直到我慢慢经过一些关口，对婚姻生起善意和感恩之心，日子才渐渐松弛。

生活对女人们没有意见。是作为个体的女人，对生活有意见。

忠于真自己

有一次，杨澜访谈宋丹丹，宋的表达不同以往，很有哲学的意味。她说，五十知命，差一天都不行。她说，经过这么多年，她总结出三个字——靠自己。并解释如下：比如你把丈夫的经济卡住，也是靠自己。你换个发型，换套新衣服，也是靠自己。但我告诉你，你这种"靠自己"没用，他对你没兴趣了就是没兴趣了，你再怎么整他都没兴趣了。对于这种情况，她给出的选择是：请走，再见，不送！

她说，凡事靠自己就对了。通过她对采访的反应可见，相比从前，确实活得更清明了，内心变得强大了。她反思当年，对前夫的女儿，也是有些讨好的意思，因为希望丈夫更爱自己，所以就会去对他在意的人好，现在看来也是不真的，是讨好的。

我理解她说的"靠自己"，就是面对真的自己。

我们平时，多数时候是在做着假我，不肯面对真实内心，念头背后的念头，行为背后的潜在心行，与所呈现的不是同一个我。她所说的"自己"，是明白潜意识中的真我。你要靠的那个"自己"，就是深层意识中的这个自己，别搞错了。

我们平时，多数时候是在做着假我，不
肯面对真实内心，念头背后的念头，行为背
后的潜在心行，与所呈现的不是同一个我。

比如一个明星的妻子说，有一段时间觉得这婚姻过着没有什么意思，不如离婚，已经决定跟老公摊牌时，她做了一个梦，梦到自己的丈夫从悬崖上掉下去了，她吓坏了，用力找。后来醒了，她明白她真实的自己是不想失去丈夫的。她把这一段跟丈夫交流后，她丈夫很震惊也很感动。

一位结婚生女的"80后"男子分享自己的婚姻心得，也说到这方面，他和妻子表达自己的需求时，都是用真自己和对方交流的。他靠自己的真实，得到她的真实回应。真我和真我交流，在同一层面，所以随时能发现问题实质所在，交流效果好，感情自然流畅。

这个真自己，得自己去感应，别为了讨好，更别为了得到什么，有这些诉求的交流交换都是假的，一时也许有用，慢慢就会偏离正轨。

假了，乱真。离谱。

忠于假自己，负能量。忠于真自己，正能量，

真爱的追问

俞飞鸿接受某节目采访，主持人问她，你对爱怎么理解？

她答：我很爱一个人。当有一天，我对这个人，一点儿感觉都没有了的时候，我大哭了一场。这个跳点，让我有种猝不及防的悲伤。

你也有过这样的体验吗？当一段浓烈的感情突然没有了感觉，你有没有惶恐不知所措？

婚姻中的那些冷感，互相地视而不见，有时，是爱的感觉消散后的不知所措。需要一个慢慢接受与平复的过程。

俞飞鸿一直未婚，爱的感受不见了，她可以停止，等待遇见新的爱。我们平常人，在爱的感觉还在的时候，进入了婚姻。等到找不到感觉的时候，通常已经有了小宝宝。

心神不定的人，会接着触及下一段激情，婚外情由此产生。"大资"作家张爱玲，她找的男人胡兰成就是一个朝三暮四的代表。在男女的情感交换中，在比例上，女人认定一个人后，会比男人更专情。

抛开道德谴责，回看自己。在感觉消失的状态下，是不是有感到找错了人的时候？那些一次又一次寻找"真爱"的人，总以为自己的真爱会是下一个……

在投入婚外情时，如果婚内的这位是个迟钝的人，等感觉消失回归家庭的时候，这个日子可以继续；如果中途这位察觉，就会引发一番"恶战"，而不想离婚的，总会想方设法保全婚姻。

真爱，是一个大词儿，让人摸不着边儿的感觉。

年轻时看的爱情小说，生生死死的爱情，其实不过是把爱自己的能量，投射到对方身上。比如简·爱，她爱的是罗切斯特吗？她投射的是自己缺失的父爱。她爱罗切斯特的女儿，投射的是自己从小没有得到的母爱……

奋不顾身的人们，一次又一次投入的，其实并不是爱对方，只是男女取悦对方时激发的一种特殊感觉，它像空气一样，你看不见，能感觉到，随时都会消失。就像一朵云一样，一旦有风，就会飘移。

活这么久，我一直在追问，真爱到底是一种什么物质？是在外面，还是在心里？

母亲与自己的孩子，爱都不是纯粹的，是有条件的。如果孩子没有达到你的心理预期，你的爱就不是百分百了。

真爱是什么？

爱情，是笑话

谈到感情，A说，爱情其实是一个最大的笑话！

看我询问的眼神，她来劲了：一个人和另一个人相爱，是有所图的，或者对方长得美，或者性能力能满足你，或者其他方面能给你带来愉悦的感觉。或者兼而有其中的一二或几个方面……仔细想来，不都是自私吗？是为着这个"我"服务的。

她接着说，我仔细分析了我爱过的男人，包括我的丈夫。只有他们符合我的感觉时，我才觉得是爱，如果有哪个地方不符合我的感觉的，那这种强烈的爱就会消失，或者直接导致负面的情绪。一旦有另一个更符合自己"口味"的，人就变了，以为另一个人才是对的。这就是所谓的变心。变心令人心痛，变心的这一方为什么痛，还不是因为对方不能满足自己的"小我"了？

她又说，实际上，真爱是有的，什么是真爱呢？就是这个人不再符合你的"口味"了，你仍愿意对他好，不求回报。这才是真爱。否则都是瞎扯。

B说，她在三个月内，对三个异性动心，都是不同的类型。当她对第一个动心的时候，她以为是遇见爱情了。但当她在另外的际遇里碰到另一个男子的时候，她对第一个的感觉完全找不到了，心心念念就在第二个男子身上了。但是，当她在另一个际遇里，遇见了又一个让她为之动容的男子时，她轻易地就把对第二个的感觉收回了。当然，这个动，是双方的动，她能感觉到对方也为她心动了。感觉是骗不了人的。

她后来反思自己，这哪一次的爱，是爱情？然后她也反思自己一路走来的遇见，所有的难忘和易忘，都有过辗转难眠啊，自己难道就是这么的易变？这么的水性杨花？她自认为自己是个正派的女子，也并没有去伤害和破坏谁。

我也没有什么高见，人在动情的时候，完全是一种失控的状态，很多人迷恋那种感觉中的自己，外面只是一个对境。与其说是陷入了爱情，不如说陷入了特殊情绪里的自己。那是一种较超常的自我迷恋。

那么多的出轨者，多数都回归了，包括离婚的，一些又复婚的，都是从同一个梦里醒来的。发现自己又回到了原点，然后人也随之回到了原来的人身边。当然前提是这个人还在原地，愿意给你开门。

文中开头提到的那位女子，心有余悸地说，情爱老苦了，绝对不是享受……她说很高兴自己悟了爱情的一些东西，虽然也许不美。

现在的好，正往大爱的方向努力，她和先生达到了前所未有的和美状态，因为她的放松与给予，不索取，爱人反过来也提高了爱她的质量，这貌似是意外的收获。

在情中受的苦，都是值得的。在这个过程中，慢慢修改嫉妒，贪心，易变等的特质，然后才有可能给对方，带来明亮的命运，不再带来猝不及防的伤害。

爱，是害？

一个朋友讲她对爱的不安，只要两个人感情出现波动，她就什么都做不了，每天睁开眼睛的第一件事儿，就是整理自己的心情，翻来覆去。直到对方反馈爱的细节过来，她才能平复下来开始工作。

一个离婚的女人说，现在不止一个人向她示好，多是已婚的男人。她困惑地说，我都不知道去爱谁！我要是想和已婚男人扯，我没有必要离婚啊。她想找真爱，找来找去把自己找得更迷茫了。

一个在外国生活的朋友说，外国人下班后都回家，不在外面娱乐。但他的业余时间仍不属于自己，妻子每天晚上要和他一起散步。散步回家基本就到了洗洗睡的时间。他怕影响妻子休息，就也得躺下来。他说惹了红尘就得为人家负责。他是为了满足她，自己并不想散步。白天忙了一天心非常累，就想一个人待会儿。看看自己收藏的那些瓷器，把玩一下。

看到国外一份关于"一生中最后悔的事儿"的问卷调查报告，"后悔一生被感情左右"排在前三位。有人是被爱的情绪左右，有人是被爱的事件左右，有人是被爱人的要求左右，爱不是我们最初想象的那么美妙甜美，它时不时地，会让人不安，沉重，感到桎梏。

对爱敏感的人，一不留神，就会被左右一生。到老了才发现自己除了对爱的执着，似没有真正地生活过。

看看那份调查报告问卷的反馈，你愿意一生被感情左右吗？如果回答是"不"，那么，请慢慢走慢慢悟，换一个角度。

一位走出情的羁绊的女子说，不被另一个人的所作所为所牵的时候，那种感觉真的是太好了，太自在了。

原来平静，才是高级的爱。

各有前因

我有一个小微信群，因孩子同校读书而建。7 个女家长，身份都是妻子和母亲。

各自的家庭地位如下：1 位家里已财务自由，想去哪儿玩儿都行；2 位手里拿着高薪老公的卡，随便刷，平时需搞好家庭一应流程；1 位开店，老公主内；1 位弹性上班；1 位打卡上班。

财务自由的那位，微信晒出的最新照片是在玉龙雪山；拿着老公卡的，想买什么喜欢的东西不用和老公商量；开店的，以老板娘的姿势稳稳地赚着；打卡的那位，业余开个小铺，自给自足，经济上和男人并肩；我属于弹性上班的，所在行业低迷，想买什么得斗争一番。

打卡的那位，小康，她羡慕我们拥有自由的；拿着老公卡的两位，羡慕我们上班的有自我，不像她们做寄生虫；开店的说自己忙累个半死，有时想做全职太太算了；财务自由的，没听说羡慕谁，相聚时，她老公总是不停地给她打电话催她回家……

我呢，羡慕每一个能做寄生虫的女人，根本不想做职业女性啊，被外面的世界磨损得狠呢。回家跟先生说，谁谁过的日子是多么的吃香喝辣啊。先生说，每个家庭的模式不一样啊。如果你真当寄生虫了，你又会嚷嚷着空虚了。

　　是的。我们 7 个中年女人，各家的感情模式、经济模式以及与孩子互动的模式，画风差别挺大的。

　　以前我可稳不住，谁要是在我面前晒晒大钻戒，再晒晒名包，或者晒一下另一半的浪漫，那我非要回家闹一闹，觉得自己嫁得亏大发了。羡慕包包和浪漫本身，是个表相。底层的心情，是你在乎不在乎我的问题。

　　经过了漫长的跋涉与领悟，看见太多的幸福背面，前一年还说一生衣食无忧的人，后一年钱就忽然损失大半；嚷嚷着一直要离的家庭，过着过着忽然又恩爱得不得了；曾经说好陪伴一生的人，忽然起诉离婚，打死也不想跟你过了……各式婚姻人生，有时比影视剧还起伏吊诡。

　　所说的命运使然，是你们的正面驱动力和负面驱动力都相当，频率相应才会跑一起过日子的。我们这 7 组家庭，各自运营日子的方式，都是经过了许许多多、不与人言的磨合而幸存下来的。像一组婚姻的不同镜面，各有陈旧与精彩。

　　别比较，把每一天过好。

前任，从前的你

　　小伊离婚了，她形容前夫是一个奇葩。当年恋爱时，那真的叫金童玉女，外形上别提多般配了，两个人在一起走，绝对互相增色。

　　热恋温度降下来后，她就发现了他的种种。但是箭在弦上，不得不发，结吧。结了后，有了孩子后，情况越来越坏。迷茫纠结得不行的时候，到处算命。怎么算都是个离。那就离吧，一咬牙。把他变成了前任。

　　仔细整理那一段败笔。她发现，她和他好上后，自己的心情就不稳定了，和他各种作，各种吵。有时与他面对面走过，也不理他。和他之前，有好几个条件好又稳重的男子，她都没要。就是看中了他的不羁与帅气。

　　初离时批判前任，把他贬得一文不值。她是聪明人，很快就发现，自己那个阶段，其实是吻合了他的能量。他不羁，她叛逆，根本不听父母的话，非他莫嫁。那个前任，不就是男版的她吗？

　　我以为极对。

但凡一对男女离婚，不可能是一方的错处。在一婚中没有过的关，二婚中同样会出现。有个二婚男子，他离婚的原因是家里总是那么脏乱，前妻不会理家。而且话不投机。

二婚后，他向人诉说的，还是这两个问题。其实呢，熟悉他的人知道，他本人就是这个问题，在家里随手扔脏衣服等。现在男女平等都上班，家事是需要两个人共理的。妻子让他也做，他就觉得这些事应该由妻子一个人做。琐事摩擦多了，当然话不投机半句多。

离婚碎碎念，再婚了还是碎碎念对方不堪。熟悉你的人，从你批判前任的细节中，就看到了那其实是另一个你的投射。

前任的不堪，就是你的不堪。你不说，别人还不知道你的底细，你一张口，别人就对号了，哦，你也有同类"污点"。

成年男女，请优雅地，谨守口德。

说出的，不是真相

　　一次聚会，A 和 B 认识了。

　　然后呢，她们有大约一年多的时间，没有与我联络。女人和女人之间的情谊，与异性间一样，也深浅不一。有时在街上，看到像她们之中的一位的女子，我会这样闪过一念。

　　最近，机缘巧了。先是其中的一位约我见面。问 A 另一位的情况。A 说，她和 B 已经失去联络了。当时出行时，遇见一个男的，B 很紧张那个男的，就把 A 当成了假想敌。

　　又过了不久，B 忽然出现在我面前。我问 B，A 还好吗？B 说，别提了，路上净让我操心，她逛起来没完，让我帮她拎包，我太累了，我不能和这样的人交往。

　　两个人说的细节差异，到底谁是真的？

　　我想，A、B 可能都没撒谎，都说出了真相的一部分。只不过，各自站的立场，决定了感受的不同。那真相呢？两个人的话加在一起，也还只是真相的一部分。如果再加上 A 老公讲的，再加上她们各自摒弃的、藏在心里的部分，估计能拼出一个相对完整的过程。

女人们在一起讲述自己婚姻中的"遭遇"时，不也是同样的道理吗？你只听 A 方的，就会感到 B 方真不是个东西。那么反过来，如果你只听 B 方的讲述，肯定会认为 A 方不怎么样吧？

每当我想要下什么结论的时候，就会想起这个故事，天上地下的两个角度。我进而又想，也许，我们经过思维总结的结论，也仍是拼图的一部分，它不是真理，只是一个动态的结论而已。

那么，我还要给婚姻的真相下这样那样的定语吗？

能说出的，都只是现象。距离真理，更差得不是一星半点儿呢。对于婚姻也好，友情也好，身在其中的成年人，从善意出发，就不会偏离本质太远。

人品是根

从前的文艺女青年们，喜欢才子。结婚后傻眼了，都想让对方整出一厨烟火，自己是那个欣赏和享用的人。当爱欲淡了，才发现，才华和人的付出心，没有半毛钱关系。

现在的物质世界里，多数女人都会考虑男人的财力，不然为啥那么多的美女都往富人那里使劲呢。但是，当你真的被一财子婆回家。过一段日子看看，也许你并不比从前更开心。

才和财，是人品之外的附加品。如果这个人的人品和价值观可疑，你纵有千般力，也难得真舒心。

不是让你不选才与财。有才有财当然好，但它是锦上的花。锦是人，锦有问题，这花再美，也站不住脚。

有些事情来了，需要琢磨一下，白白浪费了那些不甘，就划不来了。所有的情绪，都有寓意。

比如，当初打动你的一切，为什么在结婚几年后，变得如此斑驳？

比如，当初你视为生命的那些闪光点，为什么在婚后，变得如此暗淡？以至于看到对方就一阵堵心？

比如，你看重的那些重点，为什么在婚后，变成你生命中不能承受之难堪？

人性幽微之处在于，你在情爱高涨时，看到的生机是些招摇的花儿，只看鲜艳忘了易谢；只看美感忘了短暂；只管观赏忘了期限……

接下来，你要接受的，就是这个人原本的质地。

人品才是婚姻幸福的根基。如果只是为了一小段情缘，那为什么要走进婚姻呢？当然还是想有一个人陪伴。

人品，人格的健全，都可以从对方父母的互动细节、谈论的主题等看出一二。

愿你在情路上，得才又得财。最好——人品打底。

只是忘了对方的消耗

和先生去办房证。一进办事大厅，人头攒动，看不到头地排队。我当时头大，蒙圈，各种窗口各种证件的准备。感觉这类的琐事真是太麻烦太磨人了。

其实，我只是参与了这一次。以前的诸多琐事，都是孩子他爸在办。包括水电费煤气费都怎么交，我全然不知。

我在感叹生活磨人的同时，感到男女关系中，总要有一个人去面对这些琐屑的磨损与折腾。

因为真就有很多生活白痴，对琐事的处理能力与耐心近乎零。然而有一个人能时时面对这些，就感到自在多了。

情感关系中的一对，间或岌岌可危，但也长久不分，不管外人如何看待，这两个人之间，一定有一种微妙的平衡，比如一方只会一种技艺，其他全然蒙圈，而另一个人就是会处理这些让生活顺利推进的一应大小事宜。

又比如一个人需要一个父式的爱人，而对方恰好就是。这样的搭配，这种互为寄生的关系，还真不好拆开。

我们都是凡人，不愿意接纳坏的境遇，只愿接纳好的。但这是人生的一部分，而且不好的境遇来了，你接住了，反而会得到身心的蜕变、成长。尽管疼，但是挺过去了，会感到另一种再生的美好。

如果一直在一个平面上，你会因循而老。但当你的心灵有了新的质变时，你的脸也会变得年轻。

这很奇妙的。

情爱是整个人生的一部分，情绪是日子的附带品。都是在变化不定中。

如果你正处于否卦的状态中，恭喜你！

我们都是凡人，不愿意接纳坏的境遇，只愿接纳好的。但这是人生的一部分，而且不好的境遇来了，你接住了，反而会得到身心的蜕变、成长。尽管疼，但是挺过去了，会感到另一种再生的美好。

如果一直在一个平面上，你会因循而老。但当你的心灵有了新的质变时，你的脸也会变得年轻。

这很奇妙的。

情爱是整个人生的一部分，情绪是日子的附带品。都是在变化不定中。

如果你正处于否卦的状态中，恭喜你！

"拐弯儿"的艺术

有一次，听一个很有心得的朋友分享道：和爱人说话，如果对方情绪一下子不好了，一定得记得"拐弯儿"，把话题引向别处，对方被你这么一带，就像迅速出了漩涡，出了那个危险的区域，就吵不起来了。

这个方法其实是通用的，一个男子说，他跟八十岁的老母亲说话，说着说着，母亲的表情一下子变了。这时候，他忽然说，妈，那啥，你晚上想吃点儿什么？他妈果然被他带着"拐弯儿"了，开始琢磨晚上吃什么的问题。

他妻子在旁边观察，也深有所得，亲自试验了几次。她才发现，原来夫妻关系还可以这样相处。一下子好像有了一个宝器一样。两个人有了要说不到一块儿的架势，她就用这招儿，别提多好使了。

夫妻相处多年，还是难受的状态，多是因为执着地钻牛角尖，你对还是我对的问题，争来吵去的，最后都忘了目的，变成了争对错了。

我们在冲突中所耗费的时间和精力，多是在争执谁有理谁没理上了。有一个人能"拐弯儿"，就不会在这条争理的道儿上跑更远。

省下的好时光，用来体会一下日子的滋味多好啊。

靠占上风，拿得住对方，以为会有安全感。但当你赢了一场争执，你看到爱人那种沮丧的样子，你会有胜利的喜悦吗?

爱面子，不想退，那就"拐弯儿"吧。当争执起来，在火尚未烧大的时候，你提出做做饭，或者聊聊孩子的有趣之处，或者对方的爱好什么的，如果对方坚持要争个谁对谁错，你就告诉对方，换一个时间再议。

拖一下，再议的时候，火气就下去了。

不是不能争论，而是在平静的时候沟通比较好。

当你们谈论一个事情时，若对方一下子火起，请试着"拐个弯儿"。

土豆和西红柿

朋友爸妈结婚四十周年那天，他在微信上感慨父母的相处之道——土豆和西红柿的胜利。本来两个生活原色完全不同的人，经过岁月，土豆变成了薯条，西红柿变成了番茄酱，在不失本质的情况下，形态都有变化，变成了对方的绝配。

没有考证他这一段感慨是不是原创，但我被触动了，婚姻的真相就是如此吧，各自都要变化一些，才能互相成全，婚姻的益处就在这里，不用外求了。如果一方坚决不变，另一方去外面找拍档，各种糟心故事就全来了。

婚姻组合里，双方都需给对方提供价值，而且是对方愿意接受的那个价值，婚姻的气场就会顺一些。当婚姻平淡下来，回到你我都是平凡男女的状态里，还愿意一起往下走的，都是互相达成了默契的。

女友中有这么一人，自己不上班了，只想负责貌美如花，男的点头表态，愿意让女的遵从内心，以自己想要的姿势生活。但仔细看，这女友生了俩娃，有阿姨帮忙，她也一样要亲力亲为地陪伴，光选一个幼儿园的师资、硬软件、教学理念，都快跑遍所在的城市，不可谓不呕心沥血。假期带着平均年纪五岁的两个小宝出国旅行，抱一个牵一个，那也绝对是一有担当有颜值的女汉子。

这个时代，有人说是女性时代，女人各种本事，都有用武之地。你往外一走，看到的尽是既能干又美丽的女子。她们的格局已不能用小女子来定义。在与一个男子组合的婚姻里，她们有自己的智慧与担当，在外面再张扬，回到家里，相处之道仍是回归到男阳女阴。

一个屋檐下，两个人组成的气场，各自带着自己的特色能量，在冲突中螺旋式成长，进行一轮又一轮的融合。岁月细水长流，土豆在变，西红柿也在变，终有一天，一对凡俗男女，带着各自的诚意与感恩，变成了对方不可或缺的形态。

婚姻如此，便抵达了真相。

关于原谅

最近遇见几个讲家事的人，总结了一下，都是同一个主题：原谅太难。

一个说，她丈夫现在对她很上心，像个真正的丈夫样儿了。她自己妈妈喜欢吃一种素菜是丈夫食堂的，他就时不时地，记得买了送过去。还有一些别的细节，做得都很好。每当她感到温暖幸福，想要更好地对丈夫时，便想起刚结婚时，自己父亲病重，他表现得那么冷淡的一些细节，她的心就一个劲儿地翻腾，然后她就做不到对丈夫更好了。

一个男性说，他以前犯过男女方面的错误，当然不止一次。后来他改好了，妻子却再也不相信他了。他很难受，有时甚至有绝望感。

还有一位，是离婚几年的女子，还是不能放下前夫对自己的伤害。

这三个例子，都属伤害后遗症范畴，都觉得那些伤害无法原谅。

原谅，真不是一个轻松的词儿。

因为是正常思维里不该犯的事儿，然而自己最在意的人却犯了这样的错误。怎么想，都感到这不是爱人应在的水准，所以才放不下。

一位真正放下的朋友说，每当她想起丈夫伤害自己的细节时，就让自己的情绪回到那个时段，让情绪原生态地流动起来，把当时憋着没说没骂的话喊出来，想打就找个枕头当成另一半狠打，把当时积压的负面能量都释放出来。

一次不行两次，两次不行三次，直到再想起那些细节时，心再也不翻腾了，就是真的把那些负能量全部释放出来了。只有这样才能真正地放下。

那个走过来的朋友说，她最狠的那一次释放，自己一个人在家发疯一样地打，把一根粗棍子都打断了。心理学也有这样的一种释放方式。如果不能放下，就得通过一些模式往外释放，完全释放掉了，就没有了，当然就放下了。

这是近期比较有意思的话题，很有些机缘巧合的意味，有无法原谅的人来讲述，接着又有过来人讲自己原谅的物理方法。

对有些人来说，原谅不是嘴上说说就能真正达到的。需要通过一些实用的方式，进行清理。只有真正疏泄掉了那些负面的记忆和能量，才能实在地平和下来。

抽风期

中年时，回头看一些熟人存活下来的婚姻。还真寻找出一些蛛丝马迹，它们活着，是有共性的。

这个共性是什么呢？就是，一方抽风时，另一方没有与之一般见识。这样的婚姻存活下来的比率非常高。而且震荡过后，风声不再，感情的状态也有所升华，比从前心定，也更珍重。

慧说，在她家里，她最爱孩子，孩子最爱爸爸，先生最爱她。形成了一个互相制衡又共生的关系。

当这个关系中的一环出现问题时，比如她先生忽然鬼迷心窍，拿出一副鱼死网破也要外遇的架势，她感到无法端庄如常地生活了。她本人并不害怕离婚，但看到孩子和爸爸聊天时的那种浑然一体的亲昵，看不见的天然血缘在同频流淌，她听见自己的潜在意识在说：先别着急动手。

她陈述当时的心态——在她的家庭中，先生最爱的情感不给她了，一段时间内，转移得很决绝。给孩子的父爱虽然也少了，但给到孩子的还是真爱的能量。孩子是她的心尖儿，让孩子失去父爱，她狠不下心。况且，先生回来时，假装自然的状态里不是没有难堪的。

她决定先放放再说。这个期限是一年。大半年不到，她发现先生已由那种极致的抽离，变得若即若离，回归正常状态指日可待。

又后来，她遇见心仪的男子，虽然人没出格，心却发疯般，让另一个人飘在梦里。自家男人怎么能没有感觉呢。先生不语不代表没感觉到。

这个家，在先生抽风时，没有散；在她的心抽风时，也没有散。两个人没有同步抽风。一方动时，另一方定，婚姻终得以存续。这个婚姻存活下来，变得更有力量了，多了一种能抵挡什么的底气。经历的风雨，真的都不是白白经历的。

如果你的爱人在一段时期内忽然抽风，你赶紧站到观察者的位置。你想要这个婚姻，可以放一放，等一等。别慌乱。

无创婚姻是不存在的。我们都是脆弱的男女，会有飘浮在黑暗平原的时候。

是过程，都会过去。

危险真相

伊说，老公那一贯的肉（慢），让她经常失控发飙。这是她的痛点，一直没有通关。

婚前两个人的相处肯定不是这样的。如果那时候嫌弃他，又怎么会嫁他？但是，婚后，终还是受不了那样慢性子的男子，吵，是希望对方能改！可禀性难移。自己就赌上了自己的心情。

婚姻的真相是什么？我写了这么久，真的越来越不敢自作聪明地下定语。真相，只有待在里面受折磨的人最知道，看客们看到的是表皮，内核和表皮差距甚大。

恋爱时，你愿意按照对方的意愿来。到了落地过日子的时候，又都希望对方按照自己的要求来。

我们都存有一个天大的幻想，希望经过自己的改造，对方成为自己想要的样子。这根本就是不可能的幻想。像是向山上推大石头的那个神话，只能一次又一次地掉下来，整不好砸自己的脚。

觉醒的人，学会了向内求，努力改变自己，让自己心情好起来，按照道来走，而不是按照脾气来走路。更不要试图通过不停地吵架、冲突来改变别人。没用的，久了对方只会反弹得更厉害。

　　谁的婚姻不是一场豪赌呢，虽然婚前进行三观认证，互相达成了相对的一致性。但这是理论上的，很多人的习性是变得了一时，变不了太久。你们从前互相达成一致的口头承诺，是会变的。从前存在的不一致，隐忍一阵仍会爆发出来。

　　如果想要这一场婚姻过得不那么危险，等感情平淡一些看看对方的表现，是否和自己的三观相近。不要幻想口头的那些决心与认定。

　　和谐的婚姻彼此变得更好，不和谐的婚姻会克到对方。先好自为之。最起码，保持冷静！保持自己别过激。

婚姻的阵法

今年以来，好几位好久不联络的人，有意无意地，与我又见面了。见面的第一句话，不是"你好吗"，而是"我离婚了"。

在这样一个快速变化的时代，我并不感到惊讶。我感到遗憾的是，在并没有从前一次婚姻中有所悟的时候，快速地找了下家。

曾经感情的失意，你能说你没伤吗？你能仅仅说"不相为谋"就风轻云淡了吗？你说"放下了"就真的一点儿沉重的痕迹都没有了吗？

记得有人说过：爱情是最高级别的自私。你以为你爱对方，其实你爱着的，是对方以你喜欢的方式对待你的时候。一旦对方变得不是你喜欢的那种方式了，你会感到对方并不是那么爱你。心心念念就是"我"，就是佛家说的"我执"。

我们的生活本身就是以二元对立的方式流转着，男女的相处方式也一样。总是在非好即坏的模式里，在心理上遭着罪。那些从前次婚姻走出来的男男女女，在新一次的选择中，仍然你以为你爱对方，其实你爱着的，是对方以你喜欢的方式对待你的时候。一旦对方变得不是你喜欢的那种方式了，你会感到对方并不是那么爱你。

是用二元对立的思维模式选择伴侣，非此即彼。不对我心思就不是好爱人，那新一次的婚姻，你是否能够成长?

有的男女，在前一次婚姻中感受到的不满，在第二次的选择中，会极力地避开这种类型。但是，你真的避开了吗? 你避开的，有时会以另外一种面目出现，自己在前一次婚姻中未能过去的关，都会重现。

比如前面举的例子，她想得到的宠爱，表面上是得到了。如果对方真的宠爱，就会考虑她的感受。但是，女人还是外求的状态。对方能给，也随时存在变量，当变化时他随时可能收回，你还是没有解决"宠爱"的问题。

心理学上对婚姻阵法的破解，主要从个体的原生家庭入手。你在婚姻中对什么格外失望，便是你的原生家庭在这方面未能满足你，因此你投射到爱人身上要。但你还是失望了。

所以，你想得到幸福，不是通过换爱人，你只能回到从前，梳理明白过去的情感缺失。你才能破除那个魔咒，在新一次的情感中，变得身心健康起来。

"霸凌"

人处在某种关系中，一不小心，就会被身边的人这样那样地"霸凌"。在家族的关系图中，我妈希望我住回到离她更近的地方；我姐希望我去给我妈煮饭；我先生撺掇我努力工作，顺便把家也照料好；我儿子经常正反两方面地用语言"教育"我，不多看书就会变傻……

都以爱的名义，从不同的角度想格式化我，亲人们的语言充满了理直气壮的"霸凌"之气，都在说为你好，完全是一副你不听我的，你就不是个正宗意义上的好人的架势。

如果分类的话，可以大体分为：沉默的"霸凌"和出声的"霸凌"。沉默的有眼睛、肢体"霸凌"，用眼神伤人于无形，用肢体语言发出煞气的负能量。出声的"霸凌"有语言上的，你越反感的，对方越是想说就说，吓死你不偿命！另一种是说一不二的"霸凌"，你不听我的，就不是个好人！

还有一种信息发达后出现的语言"霸凌"。这个人跟你并没有那么熟，却时不时地发一些负面的短信、微信，根本不管你在忙什么，回不回应，情绪上来就一个劲儿地发……

回到小角度，回到婚姻关系里，一些人处在"霸凌"状态而不自知。自己肯定也有这样的"霸凌"时刻，强势植入般的，一再地"霸凌"对方而不自知。这时候，被"霸凌"的一方，在身心都感到不舒服时，如果说服不了，就立即、马上离开现场！

潇洒离开"霸凌"现场。

假装恩爱

某明星多次被曝离婚，说人前是假装恩爱。当事双方否认，绯闻男友否认，当事者亲人也出来否认。

娱乐八卦的正确打开方式，就是听归听，看归看，自己平淡的日子照样需要运行。仍然为涨价、情苦、病苦等生活消息所折磨。

生活中，我认识一个女的，怕孩子高考受影响，就不办离婚手续，两个人各管各的。自以为聪明的权宜之计。

夫妻关系如温度计，温度不对瞒得住吗？

孩子很快感觉到不对劲儿了，然后跟妈妈谈话，说，你们为什么这样虚伪？你们这样做，只会让我看不起，让我的心承受你们演戏的后果，我可不想……

凡假的都带有负能量。假名牌虚荣。假笑虚伪。假装恩爱，污染家庭磁场。孩子也会受到影响，变得不踏实，在心理上会失重，没有依托感。

我想说的是，恩爱有很多种，炫目的张扬，低调的温暖，吵过了再吵，都是有温度的情感。只有一种恩爱不值得提倡，那就是假装的恩爱。

好多不离婚的夫妻，为了孩子假装恩爱。以为自己做了很大的牺牲。与其假装，不如为了自己的心，真实地面对这个困境。

这是老天给的功课，假装恩爱说明婚姻中的相处功课你没有及格。爱情保鲜，只是一时。婚姻却需保质。保质需要智力。

婚姻不舒服了，别装舒服。觉察自己的心在哪里，慢慢找到心的真实状态。两个人真实地面对彼此，过与不过是后话。

假装的恩爱各有各的假，但万变不离其宗—— 一假一切假，一真一切真。用真的自己对待对方，不用管别人是什么态度。

粗暴的爱

前一天，他晚上回来，带回了两支有树枝树叶的枇杷，高兴地说，吃不吃，我从乡下的树上折下来的。我看了一眼，没有吱声。也没有吃。

又一天早上，又看到孩子书包外隔插着一把新雨伞，商标的吊牌，在伞柄上晃悠着。前几天，我看到了，要把它剪掉，他不让管。这个早上，我突然一下就把那个吊牌扯掉，扔在了垃圾箱里。

孩子马上变了脸色，说，你干吗？
然后就不再理我。我能感受到，他是憋着愤怒出门的。

这个时候，我的心也沉了，没有了笑模样儿。

前一天先生的那种行为，我认为太粗暴了，你可以摘果子，你为啥把树枝也掰折了呢？树要是会说话，一定会大叫着痛啊。

而这个早晨，我发觉自己的心，原来和先生一样有着简单粗暴的时候啊。这样的行为细节，这么粗鲁，这么不由分说。

这根本就不是爱啊。

他伤害了植物的心，我伤害了孩子的心。被伤害的一方都在疼痛和失望。

自己是多么自以为是啊。自以为给出的是爱，其实是粗暴的伤害。以爱的名义，简单粗暴地干涉所爱的人。

你以为你对不喜欢的人，用的是一种方式；对喜欢的人，用的是另外一种方式。其本质，并没有区别。因为自己的心，是粗暴的，对外在的人和事，就是粗暴。无论你用冷的方式，还是热的方式。

一粗，一切粗。

没有一个外在的道场，没有另一个婚姻，让你幸福。只有当下的此时此刻。你的心，是怎么样的变化。你对自己，是细腻柔和的，你对外在的人和事，也就是这样的。

外在是心的投影。自心细微了，柔软了，你对外在的一切人和事，都是如此。

幸福是什么呢？取乎每一个细节上，觉察自心。

你是我的脸

那天，采访完成回家，已是晚九点多。先生在等着我为他染发。记忆推回到前一时段，他在前面走，我跟在后面，看到他头上的白发，已成片。一瞬间是抵触的，惊心的。

极少以观察者的眼光，隔着距离观看这个男子：岁月是如何把一个英俊的男子，染成仓促的中年？

有人说，你们是最不像夫妻的夫妻。没有太多的黏滞，终日都在忙碌。而这天他要我染发时，不忍看，有不愿意面对的仓皇，时光急迫催促，怎么会是这样子呢？

婚姻是一种怎样的存在？

一方如一本史书，记录或共同、或个人的起伏人生。一方好的时候、不好的时候，不管有没有告诉另一方。对方，都心知肚明。

一方是另一方的脸。一方走得快了，走得远了，不去指责走得慢、走得偏的另一方，而是选择等一等。这，也许就是伴侣的意思吧？

无瑕的婚姻是不存在的，就像有白天就有黑夜一样，你无法回避二元对立中的因果部分。有黑就有白，有好就有坏。好中有坏，坏中有好。

爱面儿的人当然过不了关。只接受白的，不接受黑的一面。就像你接受对方好看的时候、爱你的时候，却无法接受对方不好看的时候、淡漠的时候。这是抗拒，抗拒事情本然的复杂完整。

婚姻是一个整体，没有听说一方好，另一方不好，这个婚姻关系能好到哪里去。好是整体的好，不好是整体的不好，取决于那个处于短板的人，你再好，对方不好，也会拉低幸福指数。

一个人是另外一个人的脸。你再风光，看看你的另一半，是一张怎样的脸？婚姻中的另一张脸，就是你的脸。

当对方的脸不再风光时，你不是为此抱怨，为此感到不安与难堪，而是为此柔软，愿意俯下身来，好好地把这张有了风霜的脸，这白发，慈悲地捯饬一番。

你是我的脸。

为什么发火？

　　我和一个朋友合作一个事儿。在这个过程中，她几次发火，是我以前没有看到过的一面。

　　其实我知道，引她发火的不是我们正在忙活儿的这个事儿，而是背后那些累积的烦心事儿。此时的磨合是一个出火口，是果。因在过去。

　　她成长在一个重男轻女的家庭里，过去的岁月里压抑了太多的郁怒不平之火，从来都没有好好地清理过。长大后，只要一出现导致情绪不稳的细节，她就会失态一下。但是，因为她对自己的修养要求很高，所以很快就会道歉。

　　我看着她，就像看到过去的自己，不是不想好好地管理自己的情绪，以免发火烧到别人。但是，一碰到某个情境和细节，火腾地就起来了，发完就后悔了。道歉也道了，可伤害已经造成了。

　　也因此，看到平时那么注重细节修养的一个人，突然发火时，我并不感到意外。这样的人，内心敏感脆弱，曾经被忽视，所以深深希望被重视。那些发的火，生的气，实际上都在隐秘地控诉着过去。

以我个人走过来的经验，想改变这个爱发火的毛病，得把压在身体里的情绪记忆清理掉，除了倾诉，把停留在记忆里的那些敢怒不敢言的细节，都说出来，秘密不敢与人言，对天空说也行。然后，还有一个去火的物理方法，就是叩长头。

中医有"水火相济"一说，是指让火在下，水在上才是健康的。叩长头正是能让火下行。火不往上顶，人当然就不会"火往上撞"。

你经常做做这个叩长头的动作，火会慢慢下来的。每天抽出一定的时间做这个动作，时间长了，也能把很久以前压在身体里的负面能量消解。

夫妻之间，朋友之间，同事之前，发火是最具破坏性的行为。除了自己觉察，还要积极地去消解那些火气。

当你知道了发火的因，不是现在而是源于过去，你可以试试这样的改变。

心平家盛

最近的风气张狂，娱乐圈的丑闻不少。骂的人投射着自己在此方面的愤怒。看的人也有些坐不住。平凡的人群里，难道没有此类事儿吗？只是未被揭开的黑暗。也许。

男人的出轨对象，终究还是女人。女人就是为难女人。而女人，才是世界的源头。哪一个男人，不是女人生的？

其实可以放眼看一下，从前长得平常的女子，却过得风生水起，家和万事兴。

比如曾采访过的一个朋友，她长得过于平凡，但她嫁的男子很不错。她出来赴约，晚十点前必归家。我们曾笑她的过时，笑她怕老公，她淡淡地半开玩笑，说，女人晚上在外流连，不安全吧。

她终是把日子过成了一潭好水。相比于同年纪的人，她年轻、清爽而气味美好。她说，父亲在她嫁人的时候说过一句：女人心洁家必昌。正是，先生和孩子，都在她的淡定中，安全感很强地走在人生的风雨中，她把自己放得平平如水，愿意低调托着家。

有的女子，昂首挺胸，走着走着，就把自己的气场弄浊了，脸相也脏了，做派也粗俗了。虽然说是打拼，但除了越来越硬的身板气势，染了一身一脸尘埃。并没有达到自己期待的成功。也许达到了，自己要得又更高了，所以总也焦虑。

水不清，水污染了，水脏了，能养住什么呢？

自然规律永远不会过时。女人们所追求的更高更快更强，都是附着在最初的源头上的，源头清了，一切安好。

平平如水，按水的特性，不会有磕伤。
这个源头，不仅指身，更是指心！

谁最了解你

最了解男人的是谁？老男人。最了解女人的是谁？老女人。

《乱世佳人》中，男主角白瑞德对斯佳丽生气了，会去一位他熟悉的色衰妓女那里，聊天儿，别的不知做没做。以前看电影，以为他是去别的女人那里寻求安慰。随着年纪增长，又觉得白瑞德是有另一层的需求，他真爱斯佳丽，却不能完全得到她的心。他痛苦，他去一个阅人无数的老女人那里寻找关于女人心的答案……

小说中，年轻女人受情伤，也是去一位智慧优雅的老女人那里寻找答案与力量。女主诉说再诉说。然后老女人四两拨千斤，三言两语，年轻女人醍醐灌顶……

生活中，如果一个女人有痛苦了，找同龄女友咨询，得到的可能是失之偏颇的见地，虽然是为你好，但可能反而没能达到为你好的效果。老女人不一样，经历过岁月的智慧老女人，会给你一些恰如其分的点拨，有一种柔而不弱的力量。

岁月给了男人智慧，也给了女人智慧。但男女并不能互相真正了解，只能是试着用同理心去理解。生理结构不同，思维模式不同，对外界的感受也不同。真正的知己，仍是同一性别的同类。老女人比男人更了解女人。老男人比女人更懂得男人。

还追求灵魂伴侣吗？期待另一个人和你一样，那可能性是极微小的，基本不会砸到你头上。狗血的男子女人到处控诉找错了人的故事，不用太同情的。不头破血流就不会一点点儿在痛中长大。知晓一点儿人性之弱点，别人有，自己也有，疼痛就会少一些。

朋友中，经过历练后幸福的婚姻，比比皆是。谁最了解你，爱人不一定了解你，也许你自己都不了解你自己，但有智慧的同类，会穿越你伪装者的表面，看到你的内心，并给予你温暖的抚慰。

感恩比我们早些老去的女人，当我们老去，愿也有此懂得。

"渣婚"

近期一拨娱乐圈出轨人物，排成一排，被比喻成"出轨小分队"，这给看客带来的不仅是聊天儿的话题，还有心惊：这底线突破得，也太惊人了点儿，"渣婚"啊！

看客口里的"渣婚"，结果怎样了呢？有的选择原谅，有的选择以死"明志"，有的表面原谅心里恶心……谁的人生更容易？

我们是平凡的人物，经历这些的人也并不少，但是，在众人眼里的"渣婚"，为什么当事者不想离开呢？如果真的想离，就会去离啊。

一位走过来的当事者说，很感谢自家男人"渣"的那一段，让她成长为会看清自己的人，成长为有智慧人格的女人。人都是懒惰的，非要被痛苦挤压过，才能头脑清楚一些。

她说有一次去参加年少同学会，当时的恋人还是那样惯着她，什么都依着她。她说她太感恩现在的爱人了，要是嫁给以前的爱人，她这一生真的是白过了。这样她一点儿都不会成长。

最难的时候，那真是欲哭无泪、长夜漫漫啊。但是，在男人身心出走的日子里，她才会反思自己从小到大的心路历程，找到自己应该成长的所在，那些童年的创伤，重现在她的婚姻里，她才知道，她该下手的地方，是从童年开始。

那些父母争吵时，她的恐惧失去家的情绪，从当年的一个个害怕的细节下手进行清理，进展缓慢，但是她能感受到那种螺旋式上升的轻盈之感。

随着她的一点点儿"扔垃圾"，看清自己的内在，爱人也奇妙地一点点儿靠近她，最终似乎看到了她结婚之初想要的那种爱人，她惊奇而感恩！

这个世界上没有"渣婚"，有的只是面对"渣"的时光。如果你愿意接纳那个当下发生的所有，最痛的低谷，是改变的最佳机遇。

我们每个人都是带着伤来到世界的，所以我们以哭的姿势降生。当在人生的某一个端口，伤口"重现"时，那其实是最好的时光。

正像一句话，最坏的时候，就是变好的起点，"渣婚"时光，是自我更新的黄金时光，毕竟人是那么懒，痛得快不能自已的时候，才会去处理自我的诸多情绪……

所有的发生，保持感恩，包括"渣婚"。

透过失衡看婚姻

因为配图的需要，我求过三个人帮我拍片。

第一位是位男士，某央级大报的摄影记者，他让我在自由放松的状态下，聊着天就拍完了；第二位是一位美女，她完全以我为中心，怎么好看怎么拍；第三位，是摄影家协会的，指挥我摆动作，整个拍片过程中，她都没有发现我被摆拍得特别累。

在拍摄时，对待被拍者的态度，投射了一些对待身边人的态度。注重对方自在的，和以自己习惯为主的，其实都是一种失衡状态，没有好坏。

经过了多年的考察与实践，我发现其实婚姻和所有的事情都是一个道理，都要大致守住一个中道。在中道的附近，虽然像跷跷板上下摇晃，但因幅度落差不大，不至于把人甩出去。

那些经历过岁月与波折还在过着的夫妻，大致属于这种情况，基本是在岁月中经过了种种调整挪移的。

其实大家都知道问题在哪儿，但关键时候，像惯性一样，明知付出与得到的权重要相差不太远才好，有人就是停不下来地付出，有人就是想以自己为最重。

明知不对劲儿，就是停不住。

所以，要磨炼自己的心性。大左大右，大哭大笑，都是极端。渐渐处于生活的中间位置，会好受一些。

我配不上你

　　和美丽的茶室老板娘聊天儿，她说，要是一个男人对你说，我配不上你，那绝对是没戏了，不是他谦虚，而是他不想和你好了。具体原因，自己琢磨。

　　未婚的女孩说，那是什么意思呢？是他的真配不上吗？
　　老板娘说，还用说吗？男人有了新的彼岸，你被淘汰了。

　　我仔细琢磨，觉得找一个异性采访一下为好。女人总是从自己的角度解读男人，男人又从自己的角度解读女人。常有时空对不上的感觉，多是自说自话。

　　明白了这个道理后，我的话越来越少了，觉得真是多说多错，自以为悟到的那些真理，过一段时间，碰到另一种情况，就被推翻了。感情的案子，就是翻手为云覆手为雨。究竟什么是真相呢？

　　一个女人在说"我配不上你"的时候，我把我个人代入，如果我是单身，对方与我聊得来人品不错，那可能真是半开玩笑半试探的"谦虚"。再勇猛表白表现一下，可能我就觉得配得上了。

男人呢，说这话的时候，也许真的感到女的非常的纯洁高贵，他只能仰望，努力了一段累了，也就不想望梅止渴了。另外，可能有了新的可以发展的人选，把你放下了。怕伤到你的面子和里子，通用的台词便是"我配不上你"。

这个时候，用心听，比用耳朵听，更重要。一个人未来能不能和你真的在一起，生活细节是否相融，是需要用心的。他说的这句话之外，他的不经意的细节，他的心是否在这里，你会知道。

比如他说要走了，但说了好一会儿还是在此；比如他给他妈妈打电话的时候，他是怎样的表情、语气？这都是骗不了人的。比如他说配不上你的时候，是气话还是真话，你是能感受得到的。

爱的真相，总是披着层层的外衣。或多或少，都做着形象大使而不自知。只有当他在不经意的某个瞬间，卸下这个面具的时候，你才能窥见一二，他是怎样的一个人。

某个瞬间，你的心知道，他是不是要和你在一起的人，他是不是合适你进入婚姻中的那个真命天子。

不要骗自己。

嫌弃是一种暗器

儿子住校后，每周末都回家。都说一家团聚多好啊。我也这样想。他回家脱下脏衣服跑出去玩儿；我没在家他就给别人打电话，还说不想妈妈；我做饭忙不停，看到他不叠被子还不能说……我也不知道何时，有了嫌弃孩子周周回家的怨念。直到他吃饭挑食，并且我说什么话都顶我的时候，我气哭了……

反省时，感觉是自己掺假的慈祥他感应到了，所以就以一种绝不领情的姿势打破……

我和某人比较聊得来，他老婆第一次见我就很烦我的样子。我深深感觉人的内心感应是多么的神奇。她嫌弃又有敌意的样子，我一下子就能感觉得到。

有段时间我淡漠我的上司兼朋友。有一次她借着心情不好大哭不止，问是不是自己没有做好各方面的引导工作，我彻底吓蒙……对啊，我心里嫌弃啊：催我稿子，按时交了又要改来改去……

我们都是凡人，有漏之身，有漏之心，稍不留神，就怨念频出，自己还挺来劲呢，以为反正没说出来，还是很有修养。以我的"遭遇"，我发出去的嫌弃之念，一点儿都没浪费，全都反馈到我的身上，对方发作起来的时候，真的是"吓死宝宝了"。

自己心里对某个人有嫌弃的念头，你以为你不说，在心里嘀咕挺解气，实际上那负面的能量咕咕往外冒着，嗖嗖飞向你烦的人，就这样伤人于无形。

这种暗器能伤到的，都是离自己最近、关系最熟的人。真是罪大恶极。

嫌弃是一种带毒的暗器。力改之。

像沙粒儿一样

几个人小聚，其中一位绘声绘色地讲她先生，像个小孩子一样跟她耍脾气。每次她都不知这突然的小火苗是哪来的。后来慢慢回忆，发现早上晾的凉开水，他倒到自己杯子里了，她说是给儿子晾的，然后他给倒回来了……进而再回忆，发现每次他吃饭时脸垮下来的时候，都是她做的菜全都是儿子喜欢的菜式的时候……

每次的不快，都是小得不能再小的小细节，像沙粒儿一样磨人，持续影响心情好几天。后来她就跟老公开谈，你是个大人，儿子只是个小孩儿，你要跟我一起爱儿子才对啊，怎么能跟儿子争爱呢。老公不认账：我没争！

三天两头儿的，男人就演一出甩脸子的动作。她也来气了，就不理了。该咋做还咋做。她跟我抱怨说，他太不懂事儿了！可惜不能换丈夫啊。

她的烦恼，让我想起另一出婚姻。在她的家里，丈夫是绝对的第一位，先把丈夫的安排了，儿子排在丈夫后面。她认为，夫妻之间互爱互动的细节，才是孩子身心健康成长的土壤。我感觉有道理。

如果一个女人，把爱都用在孩子身上，夫妻之间相处肯定是不融洽的。这不是大人不懂事儿。男人需要的那部分关注与爱，全都被孩子占去了，导致了家庭爱的不平衡。不平衡的爱的环境，孩子得到的爱过盛，不算很健康的营养。

夫妻是土地，这个土地如何丰饶？就是互相把对方当重点，用爱灌溉！父母阴阳平衡，孩子待得才舒服。

一个真爱孩子的女人，是要把夫妻关系放在第一位。如此，在孩子长大后，有了自己的小家后，才会知道怎么和自己的爱人相处，才会有正常的日子。

爱孩子没错儿，只是，更高级的爱孩子，是把偏移的爱正过来。

没有真相

最近早上一开电脑，新一出娱乐圈的疑似出轨偷拍，有图有真相，那真的是扑面而来。那真的冲击人的视感啊。如果你心脏不足够强大，你会被这些，带着强烈负面信息量的东西裹挟，对自己的日常生活产生一些不好的联想。

然而，你如果愿意，也可以从任何负面的东西里，找到它正面的意思：要想人不知，除非己莫为。庆幸自己没有这样做。

幸福装不了糊涂。枕边人的心，在你身边空掉了，挪移到另一个异性的身上，谁会没有感觉呢。只不过，世情纷杂，旧情缭绕，没有勇气亲手撕开罢了。

在这样一个偷拍无处不在的时代，你不够自律，就有暗处的探头替你撕开。在这一点上，明星比普通人更易被揭。谁让你是偶像呢。偶像的背面是什么，大家都好奇。

原来，幸福的偶像也许有着比普通人还不如的一面。被揭开之后，除了有不过如此之感，还会改称这些人为伪偶像、伪君子、伪幸福……

众生也是操碎了心。

人性喜新厌旧，你我皆是。你得到 A，你还想 B。你因为 B 失去了 A，你又想 A。就像一个死循环，左冲右突，还是突破不了天花板。

以个人目前的认识，我认为幸福是自律，不是防守。自己的所思所行，在光天化日下也好，在幽暗空间也好，都问心无愧。谁做错事谁忐忑，就是你不被发现，也一样会在某个时刻，感受到被内在那个叫作"良心"的词所纠缠。

秘密不管揭不揭穿，都需要自己亲自付出代价。

幸福与年纪

俞飞鸿演过一个姐弟恋的角色，台词霸气侧漏——对小丈夫的年轻前女友说：你别一口一个老女人老女人的，老女人怎么了？老女人会疼人……老娘的更年期在二十年以后呢。

年纪大的女人怎么了？和幸福和魅力一样有关系。是，你会说这是戏里的故事。生活中哪有那么美不老的女子。

我举个例子，有位熟女在五十高龄的时候，找到了灵魂伴侣，她本人也没有喜极而泣，觉得很正常。自己一个人带着孩子多年，她没有刻意去找。她爱读书，自身的日子本身就很丰沛充实，可是老天给她送来了另一半，很自然地，她受纳了。

我访过一个女子，她想找一个自己定义的幸福，从家里搬出去了，没离婚，就开始追求自己的幸福，然后碰到的全是渣男。

让我帮着分析分析，我说，幸福的确和年纪无关，但你是离家未离婚，在法律层面，你是已婚女人，身份不对，你用假信息骗人了，所以碰到骗你的渣男。然后我给她讲了那个五十岁女友的事情。她觉得有道理。谁都有资格追求自己的幸福。

但有个前提，你得首先把自己的身份搞清爽。

现在的时代，女大男小的婚姻，已经不是什么新奇的事儿。王菲过五十了，人家恋爱也像小姑娘一样地投入，也没有扭扭捏捏的。

有情感专家说，以前的来信是男人问：我不想离婚，我想和别的女人好……现在反过来了，女的来邮件问：我不想离婚，我想谈恋爱……

幸福和年纪、长相都无关。只是你追求幸福时，你的身份是单身，去匹配一个真正独身的优质异性，无伤也无恙。

身份里面没有假信息，幸福的能量才会真。

反　观

　　我在一个家庭群里，隐身了几年。看到里面吐槽痛苦的人太多了。好在有不错的群主疏导，没有变成一群怨妇怨夫。好多人在痛陈家史，痛骂身边人一段时间后，经提醒会回看自心，慢慢悟出痛苦的原始点在哪里，然后自己如何走出来。

　　而这些痛苦的来源，都是与身边人关系不和谐造成的。婆媳，夫妻，父子（女），母子（女），上下级，朋友等，都属于五伦里的内容。在这个大群里，没有一家是完全幸福的，都有自己的痛点，亟待疏通。

　　这些关系中，冲突最多的还是夫妻关系。有意思的是，那些整日吐槽不已、骂骂咧咧的，夫妻关系就一直得不到突破和冰释。有几位很快懂得反观自己的，一边吐槽一边分析总结，并找到自己问题的，夫妻关系就会向好的方向变化。更有趣的是，随着这个吐槽者的自我认识越来越清晰，反思能力越来越强，夫妻关系就会更上一台阶。

　　有几个群友不断在群里汇报夫妻关系进展，然后有人看到这些可喜的变化，就会有样学样儿，反思这些痛点中，自己的问题在哪里，然后也会看到奇妙的变化。

事实证明，只要自己往外使的那个劲儿，反过来了，回到自己那里，想通了问题所在，心不顶着了，自己的心气儿自然就顺了。

有个近五十岁的女子，她以前一直感觉自己嫁给老公屈着自己了，自己什么都比老公强，但老公对自己却不好，还在外面找人。后来她在吐槽中反思自己，发现是自己的这个看不起老公的顶劲儿，把老公顶出去了。她也不想离婚，她要是想离早离了。

她发现是自己太高傲，得低下来。又不好意思当面跟老公表白。晚上，老公睡着了，她悄悄在心里讲着自己这些年对他的心理压迫。后来她有一段时间没有出现在群里。等她再出现时，兴奋地告诉群友们，说她老公升官了，升了一级，她的工作也调了半级。她的心顺了，她的家就顺了。家和万事兴。

这非常简单的道理，为什么在生活中经常忘记呢？就是习性使然。多年来，我们都把战斗的靶子冲着外面的对手，不幸福的归因，全是对面的人，以为对面的人变了，事情就不一样了。

就像冲出一种惯性的循环，当让自己不开心的事儿出现，能够第一时间想想自己哪里做得不合道理，看似简单，这个过程，本人学习了不止一年。还是时不时地想往外怪。

有位从中深有所得的群友说，遇事就往外怪，那就是不要命。

在心理学上，所有对境的疼，都是提醒自己，需要在这个地方反思，过关，成长。

焉知非福

近日，女友在外地跟我微信语音，讲了好久。她说，以前用尽手段，丈夫都不回家，在她忍痛离婚半年后，情况发生了逆转。

事情的进展是这样的。

离婚后，她内心茫然，于是向各方寻求幸福之道。过程中，慢慢发现，自己对于这段失败的婚姻，也有着不可推卸的问题。都是一些细节的堆积，比如：不尊重丈夫说的话；丈夫一回家晚，她就站在客厅等着和他掐架；自己一离家旅行就半个月一个月几个月不等……

奇妙的是，当她平静下来，想前夫的好，不再想前夫的不好时，前夫忽然发来了微信，说要见面吃饭。那天，是她和前夫的结婚纪念日。

她去了，很自然地、真诚地感谢前夫以前对她的种种好。然后她又要出行了，前夫送她去车站。刚上高铁，前夫发来了他和她以前最爱的一首歌……她真的是泪流满面啊，多少年了，就是想和他在一个频道上而不得。当她终于放手，自己反省的时候，那个令她在岁月中，失望了又失望的男人，如今和她产生了共振，变成了她心目中最浪漫的男子，贴心又宠爱。

后续的故事，她和他，估计会慢慢演，慢慢品。

你看，塞翁失马，焉知非福？

我女友的婚姻故事，后续是她没有想到的。她说在内心最艰难的时候，有不想活的冲动，但她感谢自己的坚强，终于迈过了那个坎儿。她并不是说非要和前夫如何如何，她只感到自己内心的一念之转，让自己快乐起来，然后她前夫感应到了，回应她了。两个人接上能量暗号了。就这么简单。

婚姻最特别之处，是除了男女是合伙人之外，还有情感的共振。虽然你们在某一时狠心丢下了对方。如果缘分未尽，属于你的，终会回来。

刘嘉玲说，不要相信别人说的，包括我说的，要有自己的独立思考。是的，要有自己的独立思考。

我想要表达的是，当你在感情状态里非常非常难的时候，别走极端，在最黑之处，再坚持一下。

做决定

前几天偶然看到一篇网文，大意是：你怂恿我离婚，接下来的日子你替我过吗？

我心一动，觉得写得真好。

我想起一个朋友说，要不是她的闺蜜当年极力怂恿她离婚，她很可能不会离婚。当她寻寻觅觅多年，发现没有一个男人能如她的前夫那样对她好时，她和那个闺蜜变成了路人……

总有些人结婚，有些人离婚，有些人再婚，有些人从不结婚。在别人的情感因缘中，作为熟人，或者作为闺蜜，不为别人做决定，不是自私，这个戒，是最大的慈悲。

作为持证的心理咨询师，职业纪律里有这样的一条，就是不能为客户做决定。可以通过相应的心理咨询技术，协助客户理清内心的脉络，使之看清自己。

打个比方，对方到来时，是一杯激烈晃动的水。作为她的陪伴者，你能做的，就是用心真诚地"看着"她，倾听她的诉说。她在这个过程中，就是在整理情绪，同时也是这杯水平静下来的过程。

对方静下来了，杂质沉淀了，自然就知道自己该怎么做了。

如果想给意见，可以试试这样的表达：如果是我，我会怎么理解这个事儿。你站的立场，是基于你的经历、智识、原生家庭的情感关系等，而产生的知见。不要义愤填膺地说，你该如何如何……

对方和你有不同的经历、智识，原生家庭的情况也不同，她的情感问题，是她独有的。你理论上明白怎么回事儿，也不代表你的意见就是对的。你不是她，你不知道她的心真的发生过什么。她说出来的，只是某个事实事件在她的心理上产生的感受。

你在她的感受上产生的感和意见，是你的，不是她的。更何况，每个人的"情感业力"模式都是不同的，所以人的命运没有一样的。这个"业力"，更深一层地说，可以理解为今生需要过关的功课。

她的作业，你不能代替她做。你做了，你的好心是错儿。

修面相

在做地方周刊时，自己招过好几个美编。他是最中规中矩的一位，人靠谱儿，但不出彩。然后一别八年。其他人都在我的QQ或通讯录上消失了。他一直在。最近，我请他设计了一个公众号名片。加他微信时，发现他的头像，脸很饱满，耳朵厚大了，散发出很放松的气场。

当时招的那一批人中，有的自己做了公司，有的到了大公司，有的去了北上广打拼。他属于稳妥地一直在一家中等公司。QQ空间上，显示他结了婚，有了女儿。相比从前的青涩小心，他长大了也长开了，给人很有福气的感觉。从他用心为家人做的电子相册里，看出他对自己婚姻的认可和尊重。

人是有一股气韵存在的，就是通常所说的气场。隔着屏幕，都会扑面而来的一种感应。从容的人得幸福。那些急着幸福的人，脸上会慢慢积起一层焦灼之气，这样的心态久了，定格在脸上，变成面相的一部分，记录着你日子的质量。

前几天一个好友带了一位朋友来见我。那个人的脸上，写满了感情的辛苦，那些纹路，真的很不忍看。果然，她讲了自己的感情经历，因为某种原因，没办手续就从家里搬出来了，到处寻寻觅觅，刚开始遇到的好像都是真爱，可是很快，就发现遇到的是骗子。不是想向她借钱，就是个人身份夸张了。

我想说的是，只要你在过程中有过动心，都会在脸上留下痕迹，正面的动心是正面的痕迹，负面的动心是负面的痕迹。

为什么有的人婚姻越久，脸看着越舒服，就是在这个婚姻里，接收的绝大多数是正向的细节能量。那是整容也整不出来的一种自然面相。

珍惜自己的脸，相由心生。别人再辉煌，与自己无关。而且，别人的幸福你不一定驾驭得了，你能驾驭的幸福，就是手里拥有的。

把手里的扔在一边，寻寻觅觅，那种凄惶与良心的不安，生生把面相影响坏了。然后整个儿的状态就会往阴面陷下去。当你的心念，常常负面大于正面的时候。你想想，你的脸会是什么样子的？

把手里的这一份幸福，经营好，已不易。

多微笑。

丈夫和丈夫的差别

三个女人聚会，两位谈起自家男人，都是让人感动的细节。比如下雨时的伞，生病时的清淡美食，需要挥霍时的刷卡……

听到这两位女友关于自家男人的表现，我一下子低落了。但还是硬撑着和她们喝完了那一客下午茶。

回家后看到丈夫，我脸上冷淡了，也不问他吃没吃晚饭了。他问我话，我也爱搭不理的了。

以前以为在婚姻里修得挺好的了，也认命了。但是，这两位女友的话，让我破功了。才知道心理上根本没有过这一关。

自从我对自己进行克己复礼后，家就和谐多了，而且有向更好的方向转化的可能。没有想到，一个下午茶的聊天儿，我就不行了。

心里一直嘀咕，丈夫和丈夫的区别，咋就那么大呢？比如我身体不舒服了，没有及时起来，他根本不会问问你是不是不舒服。当我们起冲突的时候，谈到分手条件，他都非常的现实。

女友们问，他这么对你，你还跟他过个什么意思呢？

我就糊涂了，难受了。是呀，为什么呢？受虐狂吗？

反复地想不明白的时候，跑去问以前比我还想不通的过来人。她说，你怎么又回到那个天花板了呢？女人和女人的命能一样吗？别人有她们的命，她们心里的苦，能跟你说吗？你用苦的和人家甜的比，你肯定心理落差更大啊。

后来，我又有机缘和她们分别见面。想离婚的那位，她儿子和丈夫天天提心吊胆的，担心她上当，更担心她哪一天突然不告而别。她儿子甚至担忧地问她，你什么时候走？给家人无形的伤害，让她心不安宁。怪不得她看起来那么憔悴呢。

另一位虽然找了一个能天天下班陪她的男子，平淡下来后，发现个性差异大，她也没有特别的把握，能够下半生就妥妥幸福。而且前夫一直没有再找，她心里知道前夫是想和她复婚的。

我在想我的丈夫，在我手割伤的时候，飞快跑去买创可贴；我忙的时候，会代表我去看望我的家人；在我想要实现梦想的时候，愿意主动带孩子，让我去试……

我在不平的地狱里待了一段儿，然后慢慢又清醒过来，爬了上来，知道丈夫和丈夫的差异，就是女人和女人的差异。知道女人看得见的幸福里，一定有我们外人看不见的苦楚。而看得见的苦楚里，一定也有我们自动忽略掉的幸福……

混合与界限

一个朋友吐槽，她最烦一个男人没事儿看球赛。她男人每天回家，第一件事儿，就在那儿换频道。饭前也看，饭后也看。家里像是天天在打比赛。各种声音混杂着叫喊着，把她烦得不行不行的。

另一个朋友说，她的家，就像一个城乡接合部。她喜欢整洁与美的物品。她老公，那真是，常常买菜拎回来的，是化学味道浓郁的彩色塑料袋。厨房里经常摆得五颜六色。

这让她气馁。进而怀疑人生，活着的意义在哪儿？

还有一位女人说，她喜欢会哄人开心的男人，结果男人婚前嘴那个甜巧，婚后完全变成一把细长的刀，随时扎到她心上。这找谁说理去？

这三个女人嘴里的男子，是不是看着很气？

换一个角度去问问男人，可能会有不同版本的回答。也许，没有谁是错的。大象那么大，离得近时，摸到的部位，看到的部位，就不完整。如果超越了眼前，离得远一些，站得高一些，会看到更大的面积，更立体全面。

夫妻关系，类似近身肉搏，细微的表情心思，都逃不过对方的眼睛。身边无英雄。两个人的三观，就是大的方面一致，在微小的细节上，还是会起各式的烦恼。

我们混合了彼此的气味，却无法混合习惯。各自都认为对方是错的，自己的才对，自己的习惯才高级。

烦恼在此。那是什么？

美国心理学家卡尔·罗杰斯，他有一种观点，对待来访者，就是当对方开始诉说、情绪流动时，你要来到来访者位，忘掉自己。之后再回来咨询师位。过程中，对方感到被深深地接纳与理解了，也就过了那个卡点。

这也类似于婚姻，混合与界限的转换。对方的那些习性，不是你的，让其存在，存在的对他是合理的。不是你的习惯高级，你可以任意地鄙视对方的习惯。习惯就是习惯。

婚姻中的腾挪转换，是一种智识，否则，自伤自怨，会慢慢变成怨妇。

灵魂伴侣

最近娱乐圈的婚姻八卦很狗血，大家认为的幸福楷模其实是一个幻象。脱开那些光环，都是人，都是有烦恼的人，又怎么可能全是阳光没有阴雨呢？

诗人徐志摩写过"得之我幸，不得我命"的句子，表达遇见爱情中那个灵魂伴侣的稀缺性。他后来找到了陆小曼，天雷勾地火，各自离婚，走到一起。后来的结局大家都知道了。那只不过是被情和欲烧出来的一段幻象，她并不是他的灵魂伴侣。

南怀瑾曾经说过，感情再好的夫妻，好的时候不会超过十年。相看两不厌变成淡然，这还是好的，如果在这个时段感情生变，有可能开始新的寻找。再进行一轮类似的求真。

每个人都带着不同的缺口来到世间，长大后，以为那个缺口会有恰好的另外一个人来补上。另外一个也带着独有的缺口。对方的缺口和你的缺口，加在一起，是多了一个缺口。又怎么可能完整呢？

进入婚姻的感受，各有难言之隐。你以为某人幸福，她被每个人都带着不同的缺口来到世间，长大后，以为那个缺口会有恰好的另外一个人来补上。另外一个也带着独有的缺口。对方的缺口和你的缺口，加在一起，是多了一个缺口。又怎么可能完整呢？

偷拍了；你以为身边的某某幸福，前半年你还艳羡她换了丈夫，最近你再见她，发现新的男人早已不知去向。

因为职业的关系，我常常在一些别人的婚姻故事里出入，然后明白这婚姻的不可言说。

但这不是说，婚姻里面没有幸福可言。我看到的幸福婚姻，都是接纳自身和对方的不完整性，不是要求对方是灵魂伴侣，而是进化自己的灵魂层次。

在各样的磨合中，回观自己身心的缺口，通过自修得到相对的圆满，而这些一点点儿摸索着向内观的男人女人，都在成长。而且很有趣的是，自己的心明白了一点儿，成长了一点儿，与爱人的相处质量，就会好一点儿。

外在没有灵魂伴侣，自己所要做的，就是看清楚自己的内在缺口。当自己的灵魂进化时，外在的那个伴侣的能量，也在不由自主地变化中。

相对的幸福与完满，由此产生。

人夫为什么不像韩剧男主？

　　女友之间聊天，经常听到的是抱怨自家男人，艳羡别家男人。嫁错之感深重。

　　这就像我们看韩剧，艳羡女主角。代入自己成了女主，随着剧情哭笑，像自己谈了一场浪漫虐心的深情恋爱。知道那都是戏，而且非常小儿科，可就是停不下来。

　　男主会在女人刚想自抱双臂的时候，脱下自己的大衣裹在女人身上；男主会在女人的生日时，假装没有在意，却出其不意地在她必经的地上铺满鲜花；男主会记得女人最爱和最忌讳哪种食物，会细心地，把菜里的某味道的蛛丝马迹挑出去……

　　把女人宠得像一个公主，根本不劳你操心动手。看了这样的男人，再看自家那个把脚伸到茶几上的男人，呼来喝去地，你说什么他都怼你，把你在外面积累的，那一点儿想回家浪漫一下的情绪，都生生堵回去了。

　　女人的失落从结婚开始。你悄悄期待的那一丢丢浪漫，有时也愿意给你，但就是如此的漫不经心。像完成一个任务，慢慢你都替他累。然后你们大吵一架，或者你平淡地说，别演了！发自内心才感人。

有个熟人说，男人是无法真正明白女人的需要的。女人也无法真正懂得男人。真正懂得女人的是老女人。你的苦你的难受与不安，你那些慢慢失落到风中的感情热度，老女人都经历过。所以，老女人才是那个真正可以安慰到你的人。

随着年纪的增长，年轻的女人也变成了老女人，也变得理性了。有人说，男女在一起才幸福是一个宇宙谎言。可是为什么那样多的男男女女都前仆后继呢？

关于这个问题，我也答不出来。是男人女人都太寂寞太好奇了吧。以为找一个结构不一样的人，可能会有奇迹发生。

奇迹就是，你们结婚了，你们有了一个或两个孩子，然后你们过着平淡的日子，在韩剧中发痴，想着，为什么好男人都在别人家？

别人家的女人，也在想这个问题。

对 立

曾经惹恼过一个女子，原因不便于说，都是一些小细节，一个巴掌拍不响。我平静下来后，她还不时发私信说一些刺激我的小话头儿。我起初"上当"了，能感到自己情绪波动。也说一些看似大度、实则回击的话。

有一次，我忽然明白自己上当了，不是上她的当，是上了自己的当。没有看住自己的心，跑出去跟她搞对立去了。

接下来，她还是微妙地，用各种小技巧在刺激着我。我第一念还是不由自主地想回击，努力半天控制住了。

又有一次，我忽然有所顿悟，不是她的问题，是我自己的心的事儿。不管她出于什么心念，如果我不加上自己的解析，不接她的梗，更不在心里和她对立，淡定地该做啥做啥，不就没有这类烦恼了吗？

由此我想到了我们所处的婚姻，每一段好的婚姻关系，是彼此顺着的，或者说大多数时候是顺着的，有了冲突会反思自己。不会不断地往外起对立。

而那些质量不佳的婚姻，争执你错我对、你付出少我付出多，一个个小精神樊篱中，就像在一个个小屋里转圈儿。一说话就杠上了、就顶上了，非要把对方攻击得蔫头耷脑，才算解气。

　　但是，当对方被"攻击"后，处在一种低能量中，你也并不会快乐不是吗？从能量守恒定律解释，你所做的一切，包括后续在别人那里起的不良情绪，最终都会回到你的身上。

　　淡定的"淡"字，就是让这个三滴水，来平衡两股往上蹿的火。有人认为淡定不如激情来得过瘾，其实从来没有听说有一生的激情，倒是听说过淡中滋味长。

　　当你经历了一些情感世事，会赞同我的观点的，淡定的婚姻不起对立，淡定的人生不需出剑。

分离焦虑

有位朋友说，她有一段时间退行到婴儿期了。具体表现是，紧拉着认为能给自己爱的人，哭着喊着要"奶"吃。

因为她依赖的这个人，是懂得这个心理退行在哪个状态的，很配合她，满足了她的需求。让她得以疗愈，从那个阶段里走了出来。

她跟我分享的时候，说妈妈在她婴儿期，总是出去做很久的事，让她饿得快昏了才回来喂奶。长大后，她发现自己谈恋爱和与亲朋好友相处时，经常有分离焦虑。对对方过于黏着和依附。那种哭着喊着、死缠烂打的激动状态，经常把对方吓跑了。情感一直不顺利。

对照她说的，我发觉周边是有一些人有这样的分离焦虑，不敢面对分离，导致状态非常不好。

有时候，发生一种情况，当下的那个情境背后，是有一个隐秘源头的。如果只解决这个情境当下的问题，不能拔根儿。

不是你找错了人。你的另一半不体贴你的潜在原因，是你心理上有缺失。你不去解决这个问题，哪怕换一个伴侣，还会出现这样的问题。

娱乐圈有一个明星，我看过一些她成长经历的介绍，从小被送出去学艺，过程中的暗黑无助，亲人没有关注到她的情绪却关注优秀与否。长大后，她谈恋爱的状态存在一些情况，个人感觉她是有分离焦虑的。

在原生家庭里，是否有过与父母被动分离的时候？小小的你，无助且悲伤。当你长大，你以为自己足够强大，再也不会被动地接受分离了。你不知道自己的暗伤还在。

离你最近的爱人，是那个让你重新面对功课的人。会做功课的人，会感恩爱人给你示现的分离痛苦，不管是暂时的还是长久的分离，都会激出你从前的潜在焦虑。这种痛，会让你再次回到从前，软弱而痛苦地哭泣，拉扯，怨恨，无助……

这个时候，不妨放手一搏，打开疼痛的通道，把这些久远的压在内心深处的情绪都释放出来，试试看，会不会有改变。

分　寸

　　人和人之间的交往，要知道分寸。有一句现成的话，叫作"近之则不逊"。跟人近得不分你我，人家才"不逊"你。

　　夫妻之间，也是同理。
　　正常夫妻，心是没有隔儿的，但说话一定是有分寸的。这个分寸本身，包含着尊重与待见，还有相当程度的自持与自爱。

　　拿自己不当外人这事儿，其实有点儿悬。到了对方对你"不逊"的地步，才是真的不正常了。在修炼的路上，夫妻并不是一体，都是个体的存在，都有自己的特色。在日常的相处中，还真就是过犹不及。

　　夫妻交往也有一个度。过近，过远，都吃力。中道最恰好。以前我理解的"中道"，是在中间的位置，后来请教一位老师，才知中道是"适度"的意思。

　　婚龄越久，越会知道，那个度，那个分寸，不会让你们变得生分，反而会生出恒久而绵长的微温……

如何搭配不累

有一次，先生进到厨房做菜，他一边做一边说，我真是又当爹又当妈啊。我听了没吱声。心想，你连家里被单的色彩、款式都要主持大局，你累你活该啊。

我当时感觉他爱掌权，把我该当家的部分，也当家了。占了女人的道儿，我才不感谢你呢。

现在心基本转过来了，他喜欢当家，我就助他好了。他愿意亲手做菜，占领了我的地盘，那我就打打下手，洗洗菜，摆摆碗，饭后再洗碗。他喜欢大事小情都做主，就让他做主好了。

一个小家里，没有好坏，只有进退。这是我后来悟出来的。也就不再较劲儿了。但是，说到感恩对方的付出吧，我也没有生出来这个心。直到有一次听一个女友说起她的付出。

她说，家里的一应大小事儿，都是她一手打理。小到水电费，大到装修，双方老人看病，再到孩子出国的一应手续等，全部都是她一个人在操心。丈夫就像她的大儿子，除了把钱交给她之外，那真是饭来张口，衣来伸手。

就那一次，我才在心里有所动，并且有了一些感恩之心。再后来，不断地有人说我看起来年轻，特别不像这个年纪的人。我沉思好久，除了我素食者的坚守之外，在这些年里，那些毫无浪漫感的琐屑生活，都是先生扛着，磨损了他太多的精气神儿，而我，是那个受益者。

那么，重新回到重点，夫妻之间的合作，如何搭配才不累呢？我想没有什么诀窍。就是你爱做的你做，你不爱做的，我来做。你想全部负责，那我发自真心地感谢！

我记得那个女友说我，你用真心了，就算只是一种念头，对方都不会感到累了。如果你不感恩，还觉得对方做得不合你意，那这个负面的心念，就会让双方的能量都有所漏失。

夫妻搭伙过日子，不可能做得了了分明，你做一次饭我做一次饭，你出多少钱我出多少钱，没有绝对的界限。

如果一方在付出时，另一方不挑三拣四，那初级的累就不会产生；如果在一方付出的时候，另一方能够发自内心感到幸福，是第二级的轻松；如果对方付出时，自己能真心地感恩，家里的气场，就会出现祥和。

"利·害"共同体

有一个新婚朋友说，她每周去健身的时候，会拉着老公一起去。各自都锻炼一下。我问，你不觉得太操心了吗？她说，我们结婚了，好和坏都绑在一起了。他如果身体不好了，得我照顾他。所以我所有的未来都会考虑他的。

我当时还觉得她有些自私，为了怕老公病了麻烦，就要拉着老公一起锻炼。

其实她是真的领会了婚姻要义的人。两个人组成的小家庭，不仅是利益共同体，也是害处共同体。假如一方出现了不好的状况，那牵扯也在一处。从有形的损失看，是财力；从无形的损失看，是能量；从长远的日子看，是对心力的考验。

能够成为夫妻，必是双方今生有很深的缘分相牵。所谓千年修得共枕眠。在二元的世界里，有好的时候就有不好的时候；有高的时候，就有低的时候；有健康的时候，就有相对不健康的时候；有观点一致的时候，就有对立的时候。

你不可以只接受对方的利，而不管对方的坏。一荣俱荣，一损俱损。

这个世界上的男女关系，为什么到了一定的时候，多数还是要走入婚姻？

因为那是见证你生命中的所有阳光与风雨，且与你一起面对那阳光与风雨的人。

更融合的婚姻关系，是牵手共同避害趋利的，是从与对方的对比中，彼此相照，优化自己的内在。把自己个性中的锐度慢慢打磨，经过痛与乐、笑与泪，走向圆满的自己。

别杠着

A 与 B 吵架了，A 觉得我是女的，你该让着我。B 觉得又不是我的错，我凭什么让着你?

就是一鸡毛小事儿，A 的感受对，B 的角度也有道理。女人认为，吵到一个程度，谁对谁错已不重要，重要的是你让着我就证明你是爱我的。男人认为，这个事儿明明是你错，我为什么每次都要让着你?

接下来的戏码就是，A 和 B 杠上了。都想让对方服气，开始比硬气。女的开始又哭又闹，男的开始躲着，下班也不愿意回家面对。

当婚姻进入平淡期，情归平凡后，男人的思路"不跑电"了，常态了，自然是为他自己的感受考虑了。

人没变，心的反馈变了。

已故大师胡适先生说过，爱情只是人生中的一件事儿。当时深爱他的一个女人说，爱情是人生中唯一的事儿。

看看对同一个问题，这双方的认知差异有多大！

有一句大俗话：夫妻讲情不讲理，讲理气死你。正是对两性认知差异的阐发。方法也在此了——讲情。

又作又闹没用，冷战更没用。你以为占了上风你就幸福了，实在不是的。

大风来时，强硬的植物被吹折，会弯低的植物免受摧残，淡定避过风险。农人的经验里，在秋收时，那些高昂着头的变成了稗子，低着头成长的变成了麦穗。

吵架就像风雨之难。别高昂着头冷硬。柔软于自己的好处，是不受伤；于对方的好处是不难受。毕竟，谁愿意被对方压着一头呢？

共同应对外面的风风雨雨，都很累了。在家里对立，实在是浪费能量。

夫妻是同频的，你自己吸引来的。想变频，哭着也要改变自己。

"谨言"比"慎行"重要

一对夫妻，男人长年出差。回到本城的时候，公司很有人情味，允许他窝在家里，与妻子卿卿我我。

起初的三天，两个人真是你依我侬。谁约都不出来。又过了一天，她跑出来诉苦了，说，实在不行就离婚。

大家以为出什么大事儿了。她一说细节，原来只是她觉得婆婆更向着小姑，她半撒娇地抱怨老公不给她撑腰。这下捅了老虎屁股了。她老公一下子炸了，说，那你不想当儿媳妇就不要当了……

看看，这就是没有界限地，瞎闲聊的后果。

就算是你最亲近的人，也有他的成长背景、知见，对亲人的护念。所形成的一套价值体系，不碰不觉。当你的语言滑向这些边界的时候，碰触的时候，对方会起突然的反应。

这也是我们不解对方为何突然发飙的原因。已经触到悬崖的边界，自己却浑然不知。

有一些忽然分手的年轻恋人和小夫妻，都是因为"不自量力"，以为是一伙儿的了，怎么说，都无所谓。对于一些忍耐力不够的人来说，就一下子感到这个人怎么变了一个人？

"谨言慎行"，并不是让夫妻中的一方唯唯诺诺，而是不要啥话都说，根本不看对方的脸色是否已经突变了。在这两个动词中，"谨言"比"慎行"更重要。

所谓"你是我，我是你"的理念，是一种理想主义的诠释。可能某个瞬间会达到，但立刻就不是这个状态了。它总在不圆满中滑行，除非你自己修炼到了自在的层次。

"谨言慎行"的夫妻，在意对方的感受，幸福度会有持续上升。

睡得安稳

有位离婚女子，离婚时男的把财产都给了她。后来男的日子艰难，她也是挺身而出，出钱出力出主意。作为前妻的义，是真的做出来了。有人问她，那么娇生惯养的人，为啥能够主动扛下那样一个重担。她说得很实在，以前他给的日子太舒适了，是自己把福报都给耗完了，所以要勇敢地面对。

我知道，她在决定面对之前，也是经过了一番很大的挣扎的。但终是选择了这个义字。这里面有担当也有过去的情分，还有的就是共同的孩子，让彼此有一条看不见的暗线，今生牵引。

不去赴这一场义字的约会，睡不安稳啊。

小友沁说，本来和某某好好的，结果突然因为一个观点不同，结束了友情。她说，让她像以前那样对那个女的那样好，再也不可能了。两个人能不碰面就不碰面。颇有一种这一世友缘已尽的状态。从前的种种皆不记。

夫妻之义和朋友之义，最大的一个区别：前者有制约，后者属自愿。

朋友可以选择，如果单方面义，另一方面不义，情断义绝，当下拆伙。夫妻就得考量更多。就像前面举的那个例子，就算离婚了，也会希望对方过得更好，如果需要还是想挺身而出。

在五伦关系的图表里，夫妻是在第一圈里，朋友在第五圈里。朋友以义字相交，如果没有义了，这个关系的存在就没有必要了。而夫妻不同，义是附着在感情上面的，所以黏性要大得多。

义不是一个大的字眼，它是关键时候给人生浓墨重彩的一笔：有时让事情起死回生，有时让事情峰回路转，有时让事情由大化小。

夫妻关系里，送出义，得到义，才会淡定地观到春花秋雨、夏虫冬雪。

用尽全力

前一段，我曾用力帮助的一个人跟我反目了。当时，我有些反应不过来。

后来回忆，她在跟我反目之前，其实已经有一些蛛丝马迹了。比如我推荐的书，想在网上订给她，她执意要自己来而不用我的举手之劳；比如我告诉她几个有价值的公众号，她也马上发给我一个；再比如，她某天说感恩我，某天又说不感恩我了。看起来不太按常态说话行事了。

直到她因为一个细节跟我翻了脸，我才慢慢从震惊与伤心中悟出来，对于我的"情深义重"，她早已压力山大，不堪重负。

现在想来，她用这样的方式与我翻脸，也许在她，是一种解脱与放松，终于再也不用看到我就感到欠了我似的吧。在我，经历了一些起伏的感受后，也就明白了，如果我是她，也会感到这样下去"无以回报"的。

收到的好意太多，就成了债码了。而且一方给的太多，一方无法给出太多，或者你只管给予，却阻断了对方给你的好。

友情的跷跷板不好玩儿了，她只有跳下去跑掉了事。

失衡是一件多么可怕的事情。

我知道自己的问题，就像大多数的天蝎座一样，要么不好，要是对一个人好，就恨不得全部好的都给对方。

婚姻中也是的，如果一方给予另一方太多，产生的后果无非是两个：一是对方慢慢无视你的付出；二是对你的情深义重感到无法承当了，也有跑掉的可能。

可是我们一些女人的习性，就是用尽全力地做一个事儿，用尽全力地爱一个人，在奉献的过程中，都快要把自己感动得哭了，却已然忘记，这只是自导自演的一出戏，是自己的习性使然，不用尽全力就难受，还以为自己有多伟大。

古人讲的中庸之道，不是让你处在中间，而是处在一个适度的状态。在感情上也好，友情上也好，你不极端，不竭尽全力，这样大家都舒服。

情深义重的度，其实很重要的。

平衡最美。

看得起对方

朋友说，她老公特别爱说一些让她心堵的话，比如，你的脑子有问题，没有我赚钱给你花你能过得这么舒服，你怎么就不如我呢，诸如此类的话，让她一看到老公，就心里堵得难受，不想理他。

她问，这是怎么一回事儿呢？我学历比他高，他做事我在背后支招，没有我，他事业不可能做得这么好……

她慢慢地陷入思索，说，是我先看不起他的，觉得没有我他啥也不行。以前我俩好着呢，互相吹捧。不好能结婚吗？

又过了一会儿，她又说，从何时起，我变得看不上他了呢？

哦，对了，有了孩子后，我精力转移了，希望和他一起带小孩，我也有工作。他却吃醋说我没有时间陪他，加之一些琐事，他就开始时不时地，说一些阴阳怪气的话……

我也没有跟她分析什么，她自己自言自语，慢慢把思路理清了。

其实，在人和人的关系中，不用语言表达，就是你在心里看不起对方，对方也感应得到的，来不得假的。一桩婚姻中，一方不一定要把吹捧的话说出口，你在心里看得起对方，尊重对方，对方一定是感觉得到的。

哪有什么百分百完美的婚姻呢？能够及格的已经不错了。多元的时代里，个性充分张扬，能在婚姻里让着你几分的，就是看得起你的好爱人了。

先贤说得好：修身，齐家。修身为啥排在齐家的前面？就是要我们修治自己，自己好了，家就齐了。

如何修治自己？看住自己的心，别乱跑。生而为人，都是有优点的。慢慢地扭转心态，能看得起对方了，就是走在齐家的路上了。

婚姻的镇店之宝

有一次，遇见从外地过来的亲戚一家三口。传说是少见的幸福夫妻。悄悄近距离观察，看她和先生孩子如何互动。

只见她放下行李后，问候完老人，就先把先生的一条裤子麻利地洗了，一边还小声和先生孩子商量着，问他们想去哪里玩儿。还有一些别的互动小细节，都让你感觉到，她是发自内心地尊重自己的先生和孩子。

还认识另外一对儿。女的本身很优秀，在公司担任着重要的职务。但是，不管多忙，还是关心先生的晚餐，如果先生在外面喝酒了，她就开车去负责接回来。

这两个家庭的丈夫，是很自信的那种，对太太也同样尊重，又都孝顺老人。所以孩子也跟着学到了。有一次，我看到其中一个家庭的孩子，看到妈妈后的第一个动作，就是把妈妈手中拎的东西接过来，怕妈妈累着。

在婚姻中，能够镇得住这场幸福的最重要的砝码，并不是大家以为的，黏腻的甜话，设计的浪漫，那只是某一个时间点的存在。

爱是一种情绪，而尊重是一种品质。品质永远比情绪稳定。

看过一些婚姻失败的女人，恰恰是把所谓的爱，自己以为的浪漫，看得比什么都重。结果把婚姻的根基忽略了，把还不算太糟的婚姻扔掉了。然后寻寻觅觅。

我亲眼看到一个女人，把对自己特别珍重的丈夫不要了，去找所谓的浪漫。到现在还在飘着。问她为啥不定下来呢。她说，浪漫是浪漫，可是，一到关键时候，就发觉对方没有那么在意她的心了，都希望她多付出。

站在女人的角度，对男人散发出一种自然的尊重，这个女人的品性，不会差到哪里去。仅仅为"对方是否爱我"而活，考虑的角度就是自己。尊重，考虑的角度是对方，是在意对方的感受，是高级的爱。

这样的细节流动，高下立判啊。

再轰轰烈烈的爱，如果不考虑对方的感受，只想着自己是不是被在意，那是不会有质量平稳的婚姻的。

一个被充分尊重的男人或女人，才能真正给对方爱的尊严。

"慎勿信汝意"

有些群，自己也记不得怎么进的。虽然不熟识谁，但看着不断冒泡的同一个网名，也就对这个人的生活质地有了细节化的认识。

更有意思的是，在这样的群里，已婚的在抱怨婚姻，未婚的在抱怨男友，没有男友的在拼命反思自己哪里差劲，还差哪儿呢，怎就找不到男友呢？

角色不同，角度就不同。

看这些人的发言，各有一番道理。

给我印象非常深的一位，她从未婚到恋爱到结婚，再到生子，整个儿一个大写的叹号！做女孩时，她个人收入、学历都不错，所以找来找去就三十边上了。后来她汇报说，终于觉得找到了可心的。

接下来，她消失了好久。再出现时，她接着汇报——新婚小吵，怀孕中吵，生娃后大吵小吵混合。

反正就是如其本人所形容，就是在地狱里的感觉了。再看看那些争执点，无非就是双方各自的三观下，对生活细节的处理，差异极大。都觉得对方不可理喻。

这就如同两个人，你站在柏油路上，他站在石板路上，面对太阳热度的反应与处理方式。肯定是有差别的。

两个人吵的基点，都是自己真实的感受，我明明感到这柏油路烫脚，你为啥说没感觉？可是对方的认知，是基于石板路的触感，又怎能感受到你的感受呢？

当两个人对立的时候，吵是最情绪化的无效争执。最后变成了情绪宣泄，而忽略了事情本身。

你的感觉不是真理，他的感觉也不是真理。都是暂时冒出来的感受而已。冲突来时，有时也不一定非要立即处理。就像日头在午时的矛盾，等到了傍晚，就已经云淡风轻了。

仔细观察自己的想法，是不是变化很快，这一时的想法和处理方式，到了下一时，就感到荒谬不已呢？或者这一刻你恨不得想给对方致命一击，过了今天，忽然感到幸好没有出手，要不然肯定会后悔呢？

情绪是一阵波纹，是一个动境，依风而起。

在婚姻的场域里，与人出现争执的时候，当你想出手的时候，请躲开一会儿，想想这几个字——慎勿信汝意。

鸡毛蒜皮

在家庭群里，天天家长里短的，可热闹了。今天这个抱怨自己老公特别脏乱差，明天那个说自己孩子成绩如何如何让人操心，有时也有男的在抱怨自己老婆，这不行那不行……特别接地气。

主妇们抱怨的时候，丈夫们在那里默默地看着，有时和自己家的事儿对上号了，就开始惭愧地发表感言。

比如有一次，一个男的在抱怨自己老婆任性不听他的，给老人的礼物买得又贵又不适用。就招来主妇们一通狂轰：你知足吧你，买那么好的东西你不知道感恩，还挑肥拣瘦啊……

如果是和自己的妻子辩论，他说不定得跟自己的妻子吵起来。但在群里，他隔着距离，就客观多了，人就平静多了。平静了就有水一样的智慧升起来了，处理那些鸡毛蒜皮的家事儿，就顺畅多了。

不论男人还是女人，我们都有一种对外的客观，对内的苛刻。这可能是人心自带的歪，需要修正。

但，常常是意识到了，也无从下手。下手了也经常以失败告终。就因为自己在亲近的人那里，从来就爱动性子，发脾气，或者陷入冷战。心念翻涌的时候，过激的话就不由自主地吐露出来了。智慧，在当下的那一刻，就消失了。

有的发现了处理鸡毛蒜皮的短板，家里出现了一些那么小，自己却棘手的问题时，就进群里说一说，博了同情的同时，看看男人们对此事儿的反应。

还别说，基本都有收获。有时男人们一说他们的感受和立场，我就会一下子释然。比如，有一次，我怎么也理解不了对方为什么拿了东西不放回原处的问题，都提醒多少次了。群里的一个男的说，他媳妇也爱干净，他觉得受拘束。其实习性很难改的，放松就好了。

我在那个当下，真就"哗"的一下子心轻松了。要是我自己的先生这样说，我肯定是一通批判，三岁小孩儿都知道归位，你为啥不呢？

智慧是什么？

它不是要你去冲锋陷阵，对鸡毛蒜皮的小事儿，可以圆融与接纳，就是智慧。聪明不是智慧，聪明是处理问题的技巧，是举一反一，顶多举一反三。智慧是举一而能行万，从鸡毛蒜皮的小事儿中，悟得通达万物的道。

激情不是好东西

作为天生敏锐直觉又好的大天蝎一族，我有个毛病，就是处在陌生的人群中，我也能感知到谁和谁暧昧。如果是很熟的人，能感知到激情从猛烈似火，再到悄无声息的过程。有的收梢尚好，再见勉强做朋友；有的则经历了死缠烂打，老死不再相往来。

我亲眼看到一个女子，在迷失的时候，只要聊天，就不自觉地转到自己身上，转到那个男人身上，在常态下看来特别幼稚的细节，她都不厌其烦地说了又说。让人怀疑她的心理年龄到底几岁。

还有一种激情，就像《乱世佳人》里的斯佳丽，自己将一腔热血投入一个不可能的男人身上，那么聪明能干的女人，像半疯一样，直到她明白自己掉到了一个自设的虚幻影像中。跑回家后，丈夫白瑞德也因她的执迷离开了她。

激情的确会让人超出常态，做出一些过激的反应。

激情是要死要活的短暂迷失。局中人失了正常思维也不知，别人看得惊心动魄。当事者站在悬崖边上舞蹈，根本不管

激情是要死要活的短暂迷失。局中人失了正常思维也不知，别人看得惊心动魄。当事者站在悬崖边上舞蹈，根本不管下一脚踩到哪里。

下一脚踩到哪里。

婚姻本身是无法承载激情的。观一些婚姻状态，中年的多是自然的流水式的日子。回来了？吃了吗？大致是这样的对话。如果一方出门几天，另一方也不再一个又一个的电话追问。性格极端的除外。年轻的黏腻一些，但也不至于失魂落魄。是在正常情绪里多一些热度。不吓人。

激情燃烧的时段可以有，想一直激情就是自己找不自在。身心都会烧伤。人的一生什么都是有数的，感情之数在激情状态下消耗最快。就像一万元钱，按你的收入能力，本该三个月用完，但你头脑一热，三天就用完了。你接下来怎么过呢？

婚姻，是小桥流水的悠长，是一种缓缓流淌的情分。

冷暖自知

突然降温的那天，我和两个女友相会。她们两个穿着披风，看我只穿一件休闲衬衫，一个劝我回家再加一件厚衣服，别感冒了，一个要我马上买一件衣服，加到身上。我一点儿也没感到冷，对她们的很深切的好意，脑子里浮出一个词儿：冷暖自知！

在婚姻里，我们常常说的一句话就是：冷暖自知！是的，一段婚姻出了状况，别人对这件事的感受和指导，真的和你一点儿关系都没有。就像别人感到冷，也认为你同样感到冷一样，指导你加衣，好心却是多余。

我们周围有一些女人，婚姻出现了问题，经常诉说自己的困境，求同情安慰。有需求就有指导者。也确实有一些用处。

但最大的慈悲不是给她们方法，不是打断她们的倾诉，而是平和地接纳这个脑子暂时混乱的女子。当她释放了之后，自己的思路清楚一些，冷静一些，就可以回家接着过日子了。

以前说了那么多废话，苦口婆心，看似有道理。实际上，我不是当事人，所说的一切方法，都是隔着一层的。她们是不是真正受用？也许有一些，但却不是良药。

过得越久，越明白，婚姻是多么冷暖自知的一件事情。谁难受谁知道，谁幸福谁知道。有时处在婚姻里的人，诉说的过程，事件的本来样子会变形。我们指点处便不会牢固。

但是话又说回来，当一个女人处在婚姻深度迷茫期，濒于崩溃，她要哭，你给她一个肩膀；她需要温暖，你给她一个拥抱，这比说多少高大上的道理都管用。

生活中出现的任何事情，其实都是个体独一无二的感受与经验，都是那个当下的出现和发生。没有重复性。当自己不喜欢的事情来临，与其向外抓取，不如向内觉察。才不会丢了自己。

不要让别人替你感受和决定生活。

论习惯性分手

恋爱是童话，但婚姻绝对是实话。贴地行走，和空中佳人，真的不同。人还是那个人，但姿势变了，也意味着两个人相处的日常模式变了。

在感情生变的时候，都觉得自己受了天大的委屈，都是对方错。

人的习惯性太强大了。拿自己来说，有时我以为自己已经超越了从前的反应模式。但是，当对方抛来挖苦的词儿时，我的第一反应，还是奋起还击。等发现又回到从前的模式里时，已经有像刀一样的话出来了。

和谐的婚姻关系是怎么样的？争执是生活的一部分，谁和谁会有完全一样的三观呢，但是争执所占比例最好别超过一半，这能保持良性向前。

近来明星离婚的消息频出，明星们的资源宏大，结得起婚，也离得起婚，不将就。磨合，"磨"这个字，一听就疼。本就高高在上，想让一方接地气地低头，比较难吧，索性不磨了，也别合了。

明星和普通人，面对的日常是相近的，无非是你吃住高级，我吃住得平常，你穿得高档，我是布衣。但是，伤和疼，你再有名有钱，也没有人替你疼。

不想习惯性分手，先琢磨一下自己的性格，和另一半相处有冲突时，自己的自动反应模式是怎样的？

抓重点，重点是觉察自己的心，而不是向外用力指责。

仗恃

最近听到一熟人分手了。之前两个人互相不理好久了，僵着。女的认为男的对不起她，所以她不能低头。男的认为是女的太强势，把自己在家庭中的付出当作仗恃，让他很不舒服。三整两整，就离婚了。

曾从客观角度问过女的，是否可以放下自己曾经的付出？人都是微妙复杂的，这一秒说放下了，下一秒又不平衡了。觉得对方太对不起她了，这日子都被欺负成这样儿了，那真就没法儿过了。

离了就一了百了了吗？不可能的。那些情绪里的恨怨还在，身离了，集结的负面情绪并没有离。心还是不堪重负。

在不同的时间地点，听到过不少类似的抱怨。我对他如何如何，我用钱、人、关系等助他，结果他不感恩，还把我甩脱了。

还有的是自己长得好，以这个优越感让对方感到压力。还有的因为一方结婚时出钱多，也是在关系中比较有优越感。
更让人感到不堪重负的一种就是，家里不同意，自己千辛万苦地把户口簿偷出来嫁了，结果婚后另一半对自己如何如何了。这个情深义重的仗恃，让对方感觉像一座山那样重，承担不了。

婚姻中的这个仗恃感，自认为高于对方的优越感，貌似无，却在琐细的日子缝隙里无处不在。像一个隐形人一样，在对方没有领会或某些地方不如己愿的时候，随时会让自己感到委屈不平。

那，在婚姻中就不要付出了吗？

那倒要搞清楚，什么是真正的付出？如果你抱着希望对方回报的心理，那还是要想想清楚：如果对方以后不回报，你还愿意付出吗？

仗恃必嚣张，嚣张必斗争。也许表面没吵，心里早已七扭八扭。待在这样的婚姻里，你难受不难受呢。

你那么恨，为什么不离婚？

我做心理咨询的那段时间，夫妻同访的，从两个失衡的表情背后，会捕捉到失控背后的爱。

每次看到夫妻一同来咨询，从冷漠与厌烦对方的表情后面，我都会看到爱。还有因着那些负性情绪的覆盖，他和她无法连接的无助。

夫妻间处理冲突的学问，有没有真理可循？

在情绪激烈的时候，你也许会说出一些扎人的狠词儿，刺激另一方。这个时候，另一方如果报之以同样的狠话，很可能会造成交互创伤。因此，在一方愤怒发狂的时候，另一方最好的回应，就是离开现场，出去走走。而当发飙的一方清醒过来，向你道歉的时候，请一定要说出自己那个当下的感受。

对于愤恨不平的情绪，良性的发泄是很有必要的。毕竟我们这个肉身，承担负面情绪的能力，会到一个极限，产生挡住爱的迷雾。

当夫妻中的一方，或者双方，给对方发泄的机会，或者透过第三方协助，释放掉这些迷雾后，你会看到，爱仍然在那里。

就像太阳，阴天下雨的时候，它仍在那里。当云雨散去，它仍温暖地在照拂着你我。

在一方失控时，另一方请记得，狠话不一定是真话，那很可能是一时的气话。

当你透过爱人发飙的表象，看到他／她对你那不知如何表达的脆弱与信任时，请把冷硬防御的心，放松下来。

你低下头，试试。

你是什么形状的女人

我和一个好朋友聊天儿，请她指出我的缺点。看她犹疑。我就回忆我们俩的相识。

我说，你看，咱俩的友谊，是不是也和男女的友谊一样的？从一见钟情进入蜜汁关系，然后闹矛盾说气话，差点儿掰了。现在咱俩通过了关卡，螺旋式上升，进入了新的关系阶段。我们互相帮助，成为更好的自己。

她听得舒服，说了一段精妙的点评：打个比方，你原来是有棱角的桌子，现在变成了长方形的桌子，你以后要再接再厉，成为圆桌就会更舒服。最好的自己，就是修成一个圆球。你不伤别人，别人伤不到你。

从来没有人对我这样打比方。而且很精准。我的边角磕到过她，所以她深有感触。

她用木的形物比喻我的性格，真的是一"木"了然。

她启发了我的思路。轮到我说她，我说，你就像一棵长得高高直直的树，没有疙瘩，挺美的了。你的性格和做人，大大方方的，气质不错。稍有不足的就是，这棵树是独立不合群的，有一些遗世独立的味道。所以有人说你清高。但树干是圆的，你做人处事相对圆融，与爱人相处也较和谐。

我呢，因为这些棱角，这些年有意无意地，碰疼了不少身边人。真的惭愧。我也不是故意，性格里的质地造成的。所以，我也不敢自称修行人，默默地低头去打磨自己，不是为了迎合谁，是想自己不再硬邦邦地伸展着硬角，累。不小心碰疼了别人，自己并不好受。

每个女人都可以用一种树木形容。有的高直，有的矮小，有的长了结。在岁月的磨砂中，每一种木材，都可以打磨成一种有用的器物。这个打磨你的人，是知道你会成为哪种器物的人。是你今生重要的人。

如果你的另一半，是这样的人，那你是幸运的。不管是与不是，自己努力为是。

心境互侵

在一档综艺节目中，张雨绮对信任的上司谈到自己的状态时说，其实，最容易让自己心情波动的，是跟自己日常交互最多的人。她希望陪伴她的经纪人，情绪要特别稳定。

朋友说她本来心情还不错，一看到老公，就一下子沉闷了。过去的岁月里，她和他的交互，多是负面的，话不投机半句多。刚结婚时，是几言不和就争吵。后来，懒得吵了，能少说话就少说话。

她自己也不知道，自己哪根脑筋出了问题，一下子就和他结婚了。

但是，两个人在一个屋檐下，那种沉沉的气息，内心互相的抵触，让两个人都很难受。就是不说话，能量上，也在默默地互侵。

两个人的关系，如果其中一人，开始了变化。比如做出了改变自己磁场的事情，具体来说，比如练习瑜伽，比如学习心理学内容，比如练习静坐。再比如说，你的饮食方式变了，你食素，也是一种变化。形式和内在都变化。

坚持一段时间后，状态或多或少，都会有所改变。一方的内在情绪变得稳定了，会带动另一方也变化。先做出改变的一方，会辛苦一些。

就算不是夫妻，如果是你生命中重要的人，对方的心情波动，你也会有所感应。

如果你在某个时段，恰遇到一拨人，都是欢乐又平和，被这样的能量所带，那是非常幸运的。这就是很多人去到一些修行场所，感到心平静，回来后，又动的原因。

心境互侵，不仅指的反面。也是指的正面。

爱的造化

连日来，听到的多是一些感情漏洞，很丧的消息一波又一波。在我沉思婚姻的本质到底怎么回事儿时，一些人已经动手换了新人。谁是谁非？

前辈说，当你再老一些，会对爱有不同的看法。比如，你以前心心念念羡慕的爱情故事，其实背面，有着这样那样的不堪，人家不会晒给你看。

想起一位离婚离得很伤的女友，每次想见孩子，都要经历前夫的冷言冷语，让她抓狂不已。俩人都在孩子面前抓紧说对方如何不堪，给孩子灌毒。孩子在两个人的对峙中，像中了透心箭。

如果当初不真爱，两个人也不可能结婚。不忠，财务，隐性人格……近距离生活，撕破脸，看尽对方的坏。结婚时，看到的都是对方的好，离婚时，想的都是对方的坏。自己难受，对方难受，孩子更难受！这人生，这日子，何以堪呢？

人都是不完美的，对方的某些不堪，婚前肯定露过马脚。比如爱在外，爱吸烟，习性懒散……那之前所谈的爱，其实是情欲的雾，遮挡了视线。情欲不是爱本身，爱是利他的行为，情欲是因着对方的特质，激发了自己的爱欲，退潮后，你怎么看对方？

婚姻是两种生活方式的融合，不是情欲的合理化。过了火热期，尚在爱中，是一种造化。

我们看到的别人的幸福，是表面的外围的。如果你深入一桩婚姻里去，你就知道，虽然不同的婚姻，烦恼的细节不同，但内容都差不多，为情为财，为各自原生家庭带来的习惯，为对方或有或无的桃花不安，为双方的老人，为孩子的教育方式，等等。甚至你认为空调开 26 度合适他得开 22 度才感到好，都会抽出无尽的烦恼丝来……

维护婚姻的方式，进进退退，虚实结合，只要双方都还有几分真心，这日子就过得下去。愿意护持婚姻的夫妻，是不会把黑锅底让你看的。

不必眼红别人的日子。幸福是个人的造化。所有的幸福都不会拿满分。如果你选择长期待在婚姻里，请做好心理准备，放低姿势，准备接受日复一日的庸常，相信那庸常里，仍有着明亮而温柔的部分。

缺　憾

记得有一段时间，周围的一些女人开始普遍对中国男人失望了，觉得这辈子只有找了外国老公才幸福了。聊着聊着，还真有一位离婚了，然后也出国找了老外。回来跟一众熟人说，如果这辈子不找个外国男人，你们就白活了。

当时听到这句话的，多数都感到自己这辈子白活了。回家后，看到自己平凡不浪漫的男人，还是有一些波澜的。

又过了几个月，这个找了外国男友的女子一个人回国了。因为闹了不可调和的矛盾分手了。至于那个不可调和的是什么，伊没有说。大家也不方便问。

如果有一个人，跟你说，她找的爱人给了她无懈可击的幸福，你信不信？你见过一个完美的人吗？两个不圆满的人，能把婚姻运作成完美婚姻，很天方夜谭对吗？

仍然常常看到诉苦的爱情，仍然看到在爱海中沉沦的女子，以为自己这次抓住的是比上一次的好，结果呢，突然的某个细节触发就翻脸了。

缺憾永在。

为什么三观不合了？

青青说，她这辈子最大的遗憾，就是和丈夫三观不同，不在一个频道上。她举了一个例子，她本人是做设计的，给丈夫选的衣服，丈夫嗤之以鼻。丈夫对她在服装审美上的否定，让她很受挫。至于其他的细节摩擦，就更多了。

另有一位说，她和丈夫完全是两类人，对生活品质的要求太不同，丈夫经常把房间造得很乱，把家搞得像个城乡接合部，她爱干净，所以时时整理。如果正赶上她心情低迷的那几天，她就感到人生十分的灰暗。

还有一位说，她今生只能和丈夫对付着过了，丈夫根本不懂她，换人也懒得换了。

我还听说过一位非常出色的女人，她和丈夫出去旅行，安排得非常周到。可是丈夫却非常生气。他说，你为什么不征求我的意见呢？你这是不尊重我啊。女的说，我用自己的钱安排两个人出行，你却这样的态度，真的是不在一个频道上啊。

妻子们说，为什么男人婚前都和自己三观那么合，婚后就不和了呢？

男人们的感受是，女人们是多么爱自以为是啊，不合她们意了，就是三观不合。根本没有考虑过他们的立场。婚前男人按着女人的来，当然是一种绅士做派，当日子久了旧了，谁也不可能百分百听从女人的标准。因为自己的价值体系就在那摆着呢，脑子不热了就回归自己的体系了。

至此，我对这个问题有了稍微客观的认识。大部分时候，在一个家庭里，男人相对客观一些的，就是我虽然娶了你，我还是我；女人比较感性和主观，边界比较感性模糊，这感性里还有一部分的母性，所以就愿意安排男人，而且是用自己形成的那一套价值体系指导自己和丈夫。

都是老问题，执着于"我"，我的感受，我的意见，我是为你好……

我记得一个修行不错的女人，在分析她与丈夫相处的细节时说，如果有一天的空闲，她会这样发问，今天，你的心意是想怎么度过呢？她当时心里是想出去晒太阳。但是她说的时候，考虑了丈夫的需求和情绪，所以结果就完全不同了。

到底是什么样的结果呢？你也可以这样发问。
试一下。

习性相近的婚姻

看过一个生活专题片，拍的是某个家庭的拥挤空间，有设计师装修师来免费改造。随着进度的推进，完成，发现屋子真的整洁美观了。接着主人兴冲冲地搬进来，兴奋地开始了新生活。

一年后，回访这个家庭，一切都回归了原来的样子。在那么美好适用的空间里，乱七八糟地摆满了家用物品，且杂物堆放的位置都跟从前一样。他们还是把一个美丽的空间过成杂乱仓库的样子。

抱着美好愿景的人，只改变了外在的空间，却无法改变一个人固有的生活习性。而后者才是决定一个空间是干净还是脏乱的必要条件。

我以前也一样想改变对方。先生进厨房，做完一个菜后的料理台，像有台风刮过。平时用过什么，不记得放回原处。而我想让他井井有条。为这，我不知生了多少气。后来慢慢参悟，发现好多处在婚姻中的人，或多或少，都对另一半生活习性跟自己不同而不满。也就释然不少。

比如有个男的说，他太太就烦他吃饭掉在桌子上的饭粒儿，烦他衣服有油点子，太邋遢。他说，碰到这样的太太，真的不愿意回家，要求太高了太累了，像在监狱一样。

越往前走，越发现如果没有修行，人和人是不可能进行真正的沟通的。多是以自己的习性要求别人改变，变成和自己习性相近的人。其实，强大的习性常常战胜所谓的爱情，导致家庭冲突不断。

很多幸存下来的婚姻，有的一方顺从另一方的习性，有的是达成了"君子和而不同"的某种默契，婚姻慢慢相安无事。

"习性"这个词儿，可以指生活习惯，也可以是价值观。其实都是指的同一类问题。

还是那句俗语：婚后睁只眼闭只眼。也可能是指这个意思，不要把自己的标准，加到对方头上。就算是你的标准比较对，你也没有资格那样做。

怕不怕老

有一次回老家，老朋友说，你显得好年轻。我笑说，只能是"显得"，不是真的年轻了。

最近儿子的同学来家里，一个个都是青春小伙的感觉，高出我一个头不止，他们称呼"阿姨"，我觉得很自然。但在外面，被和儿子同龄的陌生人，称呼"阿姨"，我会感到细微的别扭。

我仔细想，那个不舒服是什么？嗯，还是没有真正接纳那个"老"字，陌生人这样的称呼，那不就是确认你老了吗？

穿着三寸高跟鞋奔跑的日子，不就是在昨天吗？什么时候意识到老了？当你出门，扑面而来的，感到的都是年轻面孔的时候，确定自己就是真的在另一个年龄层了。

看到地铁上穿着高跟鞋站立的年轻女子，或者中年女子，会感到一丝心疼。现在自己选衣服和鞋子，首先想到的是自己的脚别那么累，身体别被捆绑，心要自在。

这么说，我有些放下对老的执念了。不再担心会不会有人因为容颜的衰落，冷落我。有一次，一个男人当着我的面，一个劲儿夸另一个女人漂亮的时候，我没有感到失落了。

这可不可以说，自己不怕老了。老去的女子，其实变得轻松了，不再有想招惹和被招惹的需求了。

从前怕老的深层原因，于我，是怕变得不好看不被爱，怕因老而产生病苦，怕自己变得没用，怕……

我的朋友说，她最憧憬的浪漫，就是老了坐在屋檐下晒太阳，晒到打盹。她觉得这比较像诗意地老去。

衰老的过程，好像卸下了某些桎梏和盔甲，感觉变得轻松和解缚，紧绷的时候少了，心理上淡定多了，那些热烈与不安，在消解，另一半在我面前，也因此变得松弛了。

在一次访谈中，和晶问郑钧，你是喜欢过去的你，还是现在的你？他答，过去的我喜欢过去的我，现在的我，喜欢现在的我。

那个当下，我觉得这也是我想表达的。现在的我，爱着我的现在：旧的布衣，旧的人，还有新的书与长大的孩子。

卸 妆

看群聊，经常有抱怨另一半的。

因为谁也不在谁的熟人堆里，大家都变得真切极了。狠骂有之，哭诉有之，自以为是有之。反正在某个情绪爆点上，都是对方错，都是对方坏，才导致了日子的不安宁。

最近很有意思的一个事例，一个女的烦她妈，因为她妈总管她，而且是拉着脸，鼻子不是鼻子，眼不是眼那种的管，简直让她透不过气来的管。终于有一天，她再也不想包装了，不想假装尊重老人了，和她妈大吵一架。她妈就被气跑了。

又隔了几天，她上来汇报说，太累了，自己一个人什么都做太累了。不管多累多晚，回到家就是一大一小两个人等着她伺候。于是她装了几天后也装不住了，也发了一通脾气。

更有意思的是，当她真实地面对自己的内心需求时，男人却有了变化，不再配合她的"虚伪"了，而是开始做一些力所能及的事情了。

真实地表达自己的诉求，其实是对婚姻有利的。

可是有多少人真的愿意敞开自己呢？自己其实也是有这样

那样的需求，需要对方去做。尤其是一些自诩为修行的人，包装了自己的私念，假装大爱，什么都可以做。但对方真的什么都推给你配合你演出的时候，你又难受了呢。

有时，我好奇地想，如果这个群里，各自的另一半潜伏进来，那可就太有意思了。看到自己的枕边人，平时也温和有礼，也懂得体贴，在这里怎么变成了一个气急败坏的人了？

不说面对别人，有时候，就是自己一个人的时候，又有多少的心情，是不经过包装的呢。

包装过的爱，就像整过的脸。美是美的，但能打动心的程度有限。

用虚伪的心、化妆的脸来应人应事。心里不满，表面平和。心里抱怨，表面淡定。心与面，错位的表情，再扩展到整个人，有郁郁寡欢的可能。

太爱装"圣人"，不敢"素颜"。这样的太平，是假太平。

请卸妆。

为何不惯着你？

一个男人在群里抱怨太太说话和他对着干。然后几个女的冒出来了，说自己的男人差劲，从来不惯着自己。明显是说给这个当丈夫的听的。

这个朋友当时反应比较激烈，说，不惯着女人，女人都要上天了。如果再惯着，那还不得上月球上去了？

一下把我乐喷了。

在惯着还是不惯着这个问题上，看来男人女人的意见大相径庭啊。

我也深有同感。我喜欢小资调调，比如去咖啡馆喝一杯之类的。有次他勉强陪着去了。但是他到了那里一口干掉，说，回家做饭！真是难为他了，咬着牙惯了我一次。

男人难道不想惯着女人吗？也不是。据这位仁兄说，他是不知道火候怎么把握。不知道怎么做女人才真的高兴。

就我个人的观察，男人是真的不知道怎么做才合时宜。女人的心像天上的云，变幻莫测，今天希望男人买花，明天听说谁的丈夫带着妻子去国外旅游了，自己也就改了心思，也想去。后天听说谁给妻子暖脚了，就想自己的男人也这样做，要不你就不合格，就是不那么爱我。

在男人们看来，惯着的技巧的确不是那么好找的。如果事无巨细地都如女人的愿，弄不好真就把女人宠上天了，不知道北了。

我看到过一个男人，那真是非常能体会女人的小心思的，女人打喷嚏，他会随时备着纸巾，在女人手忙脚乱地翻包的时候，适时地递上去。又会在女人睡过头的时候，悄悄地热一份吃的送过去。但是，他不是对这一个女人这样，而是对别的女人也这样。这是他的修养品质，不是独家属于哪一个女人。

So，这样的宠和惯着，估计若是你的丈夫，对所有的女人都这么"惯着"，你也不一定觉得自在。因为人没有经过长时间的修行，是不可能不动私念的。

男人女人，凡夫凡妇，没有冲突是不可能的。这不代表婚姻质量不好。观念与行为的冲突与和解，是婚姻生活的一部分，是一种能量的互相整合流动。

这样一想，女人们可以稍微心平气和，男人们也会松一口气啦。你的男人也许笨嘴拙舌，但是他在你闷闷不乐的低落期，也没有放任自流，不是另一种惯着吗？

真正地惯一个，暖一个人，没有那么夸张的。

怀揣另一个男子

格利高里·派克与奥黛丽·赫本在拍《罗马假日》时产生隐秘之情，当时男方有家，艰难婉拒了。这隐秘的情愫持续一生，直到她去世。她的旧物拍卖会上，八十多岁的格利高里·派克拄着拐杖来了，把自己送给奥黛丽·赫本的一枚蝴蝶胸针拍了回来。在他们心中，有一个重要的情感位置，在彼此心中驻扎了大半个世纪。

奥黛丽·赫本经历了几次的婚姻，滋味复杂，是否，与她心中一直有着这个男子有关？

小说《飘》中，斯佳丽从结婚前，到几次婚姻中，心中都揣着另一个男子卫希礼，不管几任丈夫对她好还是不好，她的心，一直不在当下。爱她如宝的高富帅男子白瑞德，终于绝望转身。

日常八卦中，偶有听闻逃跑新娘或新郎的。以前听闻，也觉得这样做太过分。劳民伤财加让对方丢大脸。现在觉得，虽难堪，但提前避免了一段隐性伤害婚姻。猜测之一：内心装的爱人不是他／她才跑的吧。在即成事实的前一刻，不想欺骗自己和对方。

生活中，某女，婚前也是有一个男子揣在心里，婚后的感情坎坷不已。她自己都不明白，为什么夫妻关系一度冷漠得让她想自杀。她本人后来得了不太好的妇科病，她自己在病中悟了好多。

也许你会说，这世界上最复杂的感情就是男女之情，怀揣个把心仪的男子，又没有做出越格的事情，和那些乱情的女人相比，如此纯洁，有何不可？

这个宇宙的能量是趋向守恒的。你虽然没有做出出格的事情来，但心情发生了，感情能量就在消耗。你心里揣的那个人，是需要你的情感能量来滋养的。那夫妻之间的关系，肯定会出现微妙的失衡。

微妙地失衡着，情感能量时时分散着。

人的心是一，不是二，有二就是分心了。心中装着一个人，身边还有一个人。那些莫名其妙地沟通不畅的情侣，是否可以对照一下，是不是一方，或者双方的心，不在一处。

差　评

因为工作的关系，结识了一个女性之友，一个温和的年轻男孩。他说，不知为什么，好多结婚的女人，都跟他抱怨自家老公，这不好那不好的。他问了我两个问题：1. 她们为什么那么信任我？2. 她们嘴里的老公那么不好，为什么不离婚？

我想了半天，不知道如何回答。

后来这个问题反复地出现，我也尽量不带有色眼镜地观察。进而发现，女人们信任他，是因为他是一个话少而且倾听能力比较好的人。不跟着瞎评价，就是单纯地听，听的时候基本上是淡定的，不跟着瞎起急，隔一会儿表示一下同情。

我观察后发现，因为她们的嘴，把老公说得特别差，说老公这不好那不好。结果日子的质量真就越来越差。基本上与她们嘴里说的差不多糟心。

一个人的嘴，经常说某个人不好的话，是很损运气的。有的女人不但说老公不好，而且连带把老公的家人都差评。负面的话语，能量非常强大。

在说人不好的时候，脸上的表情配合着，时间久了，面相都变得刻薄与苦情。相由心生了。

所以说，嘴有多贱，婚姻就有多烂。不是非要你说好听的假话。而是放过这些负面的角度，想一想当时选择嫁给他的理由——那些打动你的优点，可以扭转你长期以来对他的负面思维。

有些人要她言谈悦人心，她说不来。说刻薄话难听的评价却一套一套儿的。我也这样过，爱扫兴，好听的话到嘴边不说，偏偏去说那些三七疙瘩话儿，评价另一半也不愿意说好听的。

太久的说话习性成自然，如果暂时说不出来悦意的话，可以选择闭嘴。这样也能少损一些福报和好运。

慢慢来，就像魔方一样，还是那个人，你转个面儿，转个角度，找出亮点。你的运气，你和另一半的日子质量，是不是有所变化？

最好的都是用不上的

周末擦灰尘，擦到孩子的房间，看到他的一个物品基本没动。我说这可惜了。他说，最好的东西都是用不上的。

我当时怔了一下。这句话说得真好呢。

去博物馆看展，摆在那里的最好的展品，你说那一个宋瓷的碗，你可以用来盛饭吃吗？

我们花了大价钱买的物品，我们用心攀缘的关系，我们用力寻来的一些人和物，有时就是放在那里，不知道怎么用，或者用了也觉得不顺手。

我们女人常觉得所嫁非人，可是真的动手去换的，并不多。最好的那个，怎么说呢，他并不属于某个人，你用得上什么呢？

有个相熟的女人说，她的男人是天下最好的男人，就是好到他是天下人的。她觉得她用不上，所以离婚了。

年轻的小友，就特别怕最好的。她说人生的状态，停在

"花未开满月未圆"的状态就好了。最好就是不好的前奏。这话有些意味。

从前以为长得绝美的，会嫁得好过得好。实际上，到后来老得慢过得悠然的，都是当年中等之姿的，性格温婉的。那些冲上云端的美（不能说全部），有时谢得突然而让人手足无措。

在我们认知能力下的最好的，很多时候成了摆设，有时是不舍得用，有时是不知道怎么用，有时就放在了那里，落了灰尘，你擦的时候也有丝丝烦恼。

我们追求的最好，其实是一个幻境。

情感的真相，就是在随时可能一地鸡毛的心态下，有些微温而微妙的美好，并不刺激。

最好的，可远观而不可亵玩焉。

爱憎分明是一种病

住在宿舍的时候。也许是眼缘的关系，平时，一看到 A 的脸就笑得跟什么似的。一看到 B 的脸，硬邦邦的线条，就感到有一种无形的压力袭来。

平时休息的空档，我总和 A 一边笑一边瞎聊，也没有什么主题，就是一杯咖啡分着喝，也能边笑边聊一两个小时。

B 和 A 是同一地方来的。看我们那么好，她忍无可忍，把门摔得咣咣响。

我意识到问题的严重性，蹲在她面前道歉。她说的第一句话是：你知道不知道？你把所有的爱都给了 A，把所有的憎都给了我……

这一刻，我为自己的不自知的爱憎分明而惭愧。
有些模式，不由自主地运转了好多年。

周围的朋友中，那些带着强烈爱憎表达的人，真的都不是太开心。而且常常是负面消息的传达者。

用心理学中一个用滥的词儿：投射。自己"投射"的，只是自己的一个角度而已，何必那么的爱憎分明呢？

再多一些角度观察，生活中，那些爱憎分明的人，多有一种郁郁之气。愤气，发泄出来，就会伤及对方；不发泄出来，就会憋得脸色青黑，伤及自身。类似于中医说的肝郁。

心不平，则气不和，气不和则身心不宁。遇到外境不如己意，当然要动，要表达，要憎恶。
你能说这不是一种病吗？

仔细观，你会发现，一个人的行为模式，就像一个自动反应系统一样，不经省察的话，会不断地在同一条河流跌倒。

超越这个二元对立的生活模式，才能体会到，所有的观点都是对的。你没有错，我的也有道理。

就像一个圆，缺了哪一度，都不成为圆。我们的对立，是低能量的是二元的。我们的爱憎，只不过是自己的眼界不够高远，被局限住了而已。

当你越过了那个二元的维度，站得高一些，远一些，再看，这些对立，原来不过是各自的局限而已。

婚姻关系同理。

用心生活，还是用脑生活

那天，看到一个老友的朋友圈，发布了自己得到一个诗歌奖的事情，他的获奖感言中，有一句很打动人。他说自己虽然人到中年，但是，这一刻，他觉得自己又成了当年的那个少年。

没想到他还有着那样青春的一颗诗心。在这样一个跨度的人生历程中，肯定也被生活欺负过吧，肯定也因夫妻间的一些鸡毛蒜皮焦虑过吧，肯定也想过放弃一些最好的梦吧？

我想起自己，和孩子父亲的缘分始于写诗。婚后，两个人却一首诗也没有写出来过。有时想，别人的朋友圈，都是晒着把日子过成了诗，自己为什么把诗意过成了平淡又琐碎的日子？还美其名曰接地气？

前一段忽然脑子老实了不少，不再计算这日子的质量时，感到心的空间有了留白，居然挥笔写下一首诗来，带着这种心情，擦灰尘居然也擦得诗意盎然。

有个女性作家说过，夫妻日日相对，真是一件很危险的事情。会把自己最本我的细节都展露出来，不再愿意打扮出一番我想起自己，和孩子父亲的缘分始于写诗。婚后，两个人却一首诗也没有写出来过。有时想，别人的朋友圈，都是晒着把日子过成了诗，自己为什么把诗意过成了平淡又琐碎的日子？还美其名曰接地气？

诗意去吸引对方。那些能在平凡的日子里，愿意买一朵鲜花回家的女子和男子，心都是有诗意的。

有一个很流行的句子：愿你出走半生，归来仍是少年。那指的绝不是脸上没有皱纹，而是脸上有了褶子，心上还有着诗意的小溪流。

每对夫妻，一年都是 365 天。过着过着，差距就出来了。有的过成了诗，有的过成了一地鸡毛。更多的是二者兼有，咬牙度过了一段又一段的寒流时段。

有人说，用心生活，别用脑生活。用心生活是感受和接纳生活，用脑生活是算计生活。

不是钱的问题。同样的收入，每对夫妻过下来，肯定是不同的质量。

我琢磨了一下，把日子过成诗的，是用心在生活；把诗过成了日子的，是用脑在生活。

高下立判。

别埋汰自己

我记得这样一个个案。主人公在婚姻中是一个被捧在手心的妻子。有一天，她确定爱人有情况时，反应激烈，那之后，就开始"反思"自己，完全把自己打到地下的那种，说自己不是个好妻子，对方才那样儿的。

接下来她很努力地学习煮饭洗衣。其实这些家事，以前不是常常做，经常请钟点工来做的。她其实根本不擅长做这些，她非常会把家里的摆件摆得有艺术感，也会煮一两道菜。只是在这样的情形下，她对自己的高要求，实际上在心理上一下子把自己降到低价值感去了。

就像一个钟摆，从一个方向摆到了另一个方向里。

其实，这两者都不是真正的她。她是混合这两者特质的女人，没有那么好，也没有那么坏。男人并没有因为她的低下身段当下回来，而是过了那个桃花劫之后，才回归的。

有些女人爱走极端，在骤然碰到一些情感大挪移的时候，自己会突然变得极端。以前高格调的，会把自己说得一文不值，说自己做得如何如何不好，对方才那样儿的。好像自己改了风格，对方就会回归。

网络上扑面而来的，多是教女人怎么装得符合男人的品位，穿什么撩人，用什么腔调迷人，恨不得把一张脸整成明星那样才好。

仔细品品，这些手段或许能有一些微小的作用。但是，女人因为男人的问题，彻底地在外在上努力，做的都是更加丢掉自己本来面目的事情。只是在外力给你的重击之下，你又埋汰抹黑自己了一次而已。

在感情中的博弈，没有胜利者。自己的本分，是对方在不在意都要做好的。没必要把自己低到尘埃里，可心还在恨着，那都是假的。不算数的。

做女人的尊严，就是自重自立。改变是完成自己的内在成长，而不是卑微地外在迎合。

油腻女

　　某女近五十岁了。别人总猜成三十出头儿。我观察了一下，她眼睛里有光，看着像纯真的少女，她对人很舍得付出，不计回报的那种。在家庭里也是她说了算的。因为她温暖，老的小的，都愿意跟她亲近。

　　她说她没有年纪的概念，就是好好地工作生活，自己在生活方式上自律一些，要舍得热爱所有的人事物。这个世界上没有完美的人事物，所以她都学着爱护，不纠结。

　　她也有烦恼，她觉得烦恼是生活的一部分。她让我感到女人变老是不可怕的。脸上不油腻，眼睛里有光。这就够了。

　　前一段，流行一个词儿，油腻中年，主要指男人。泛指脸上气质浊，给人一种油腻之感。其实，这些油腻男，也有过青春飞扬的从前，也有过轮廓清新的从前啊。是什么让他们变成了现在这个样子？慢慢想。

　　最近有一些感触，同样是女人，随着年纪增长，有的越活越有滋味儿，那气质就显出了一种活力与清新，皱纹是有的，但感觉是一种岁月沉淀下来的美好；有的则气质变浊，皱着眉，脸已无轮廓，像蒙上了一层什么似的。走近这些女子，你会感到她们身心相对疲惫。

影视剧集里，会有这类的女子出现，来映衬主角的光鲜。现实生活中，活儿多是油腻女们做的。就因为埋头干活儿，磨损着自己，却得不到更多的灯光。

所以，可以试着调整一下自己的状态。

在饮食层次上，随着年纪的增长，身体的代谢变慢，身体变得臃肿，体味也会变得复杂。有些营养师建议少荤多素，可以试试，这样的吃法儿，身心会有轻盈之感，脸上也不会出现过多赘肉。

在身心层次上，不要每天每年都是一种模式，从内在外在的修为上，打破这些固化的模式，人也会变得有活力起来。重要的是，马上开始。

稻盛和夫说过，我们来到这个人间，就是为修炼而来。走的时候，比来的时候，更高级一些。

这个原话我记得不清了。核心意思，就是要成长，要变化。岁月用得好，会让人变得更清明更有智慧。

揣　度

有一天家里来了客人，是孩子同学，我和丈夫做饭给大家吃。孩子和同学吃得很开心，中间我半开玩笑地说了一句，这两个孩子要都是咱们的，多好。

晚餐后不久，那个男孩突然说要回去了。我当时感到一丝丝的不安。因为本来这个孩子第二天没课，说要住在我们家。

我当时以为，我们自己家人都在各自的房间里，静静忙自己的，他在客厅的桌子那里学习，是不是感到孤单？他说了后，我发现我的揣度和事实有出入。

我发微信悄悄问他，是哪里不舒服吗？他说，阿姨您说那句话时，我感到您孩子有情绪波动，我怕影响他。

我再问孩子，他说他是波动了一下，是怕他爸有不开心，毕竟三个人的日子经常多一个人常常来。

至此，我发现，三个人，都待在自己的感受里，都以为自己在为别人着想，其实是错位的揣度。

还有一次，家里买了一个做素菜的锅，没有买锅盖，我用完就用一个大清洁袋裹上，怕落灰尘，也怕爬进去小虫子。有客人来，他又煮又炒就用以前的那个锅，我说新买的这个炒青菜可以用啊。他说，谁知道你纸包纸裹的啥意思，以为你怕别人用呢。

看看，这就是揣度的不同频。用更通俗的词儿，就是想当然，然后以为对方也是如此。

在人际中，在婚姻中，甚至在所有的人与人的关系中，多有一种习气：以自己的感受来揣度别人，并且以为自己的揣度是真的，接着就开始评判了。所以，得出来的结论是什么？

当然不否认有揣度正确的概率。但是大多数时候，你的揣度，以及由此引出的评判，都是一家之想之言，就像在流沙上建一个房子，根本是靠不住的。

所以你看，这都是妄，妄想的妄，妄加揣度的妄。是在一个不实的基底上再加一个结论。

人为的矛盾和冲突由此而来。

以前不明白，为啥有一说法，说夫妻之间也不要多说话，说多了就会起纷争，我想可能就是某些点，大家各自都以自己的揣度为真，对方的为错，就产生了争执与愤怒。

请谨慎避开这个误区。

在路上

　　自己长年在一个家庭群泡着，可以从一定时间跨度上，看到有的人对感情的认知在变化成长。也有的人几年中还是以前那类抱怨、怪罪对方的台词。更有一些在短时间内就找到了婚姻的症结源头，经过亲自在家庭里实践，收获了一段舒服的关系。

　　给我印象最深的，有一个经常说话的网友，可以说是励志的代表。从结婚前对父母的恨怨，到往外倾诉那些负性的细节，再到和婆家的关系投射，和新婚丈夫的磨合，再返回从前的记忆里清理过去的情绪……一路走来，就像看一个细节张力饱满的电影。

　　举个例子，比如在父母对弟弟偏心的阴影处理上，她投射到了与婆婆公公的关系上，当然是很累地防着。有时候，竟然吃先生的醋，觉得婆婆偏心先生，让她去洗碗不让先生去。这类小细节经常磨损着她的心。

　　后来她反观自己的家庭，把先生投射成了弟弟，婆婆投射成了亲生母亲。有了这个觉察垫底儿，她再重返婆家时，发现她洗碗的时候，先生在拖地呀；她在整理衣服的时候，先生在整理书架呢……明了以前的阴影后，她的心透亮了些，不那么敏感了。能够放松地给出一些自己的爱了。就算是先生坐在那里刷手机，她也忙活得非常平静放松了。

虽然有时也会反复，一下子又跳回到原来的自动反应模式里，但她的觉察越来越快了。所以，随着时间的推移，她在自己的婚姻里，反观清理透了以前的负性记忆。她觉得非常值，在这个婚姻里，她的方向走对了。

分析一下。在这三类女人中，长期致力自我修正的，关系有一个缓慢上升的变化，走得慢但稳定性高，慢有慢的稳步成长性；几年中一直在怪罪对方的，自己本身就是一个负能量体，嘴里说出来的都是坏消息，让人感觉像长年在没有阳光的房间里发呆，生气……她们觉得只要对方成长了，日子就幸福了；第三种，年轻人占多数，一点就透，就上路，但是因为太快，有时不稳，又得退回来再重新努力。

没有问题的夫妻是不存在的。生而为人，都有漏洞。成长也是一种脑力体力相加的活儿，也挺累的。

舒服的状态，不是自然存在的，需要不断地在疼痛中发现，不断地微调或者大调，需要时间更需要心力。

夫妻的协调，是不能假手对方和外人的，需要自己努力。

讨人情

有没有这样的时候，你在帮助别人以后，变成了别人的恩人的时候，对方反而不愿见到你了，或者忽然不再理你了。

前一段有个香港大亨去世，媒体 PO 出他的一众八卦，其中就有当年他被绑架时，家人争执不休，为出钱多少吵来吵去。危急关头，妻子个人拿出七亿赎金救出他。后来他公然出轨。有分析原因的，认为就是恩情太大，让他不堪重负。

八卦有八卦的特点，分析得轻松有趣不负责任。但仔细想想，也有几分道理。一个救了你命的人，天天睡在你的身边，如果有了一些冲突，你永远要占下风，要低头。

时间久了，这个头肯定是想抬一抬的，抬起来发现，其实也可以选择不再低头的时候，可能命运就变化了。

那是别人的故事。平凡如我等的烟火夫妻，如果你一旦因为某些事情，成了对方的恩人，你一定不要在心理上带着十足的优势与之生活。你要忘掉你对他的种种，平等地与他相处，该干啥干啥。这样才是正常的互动。

低人一头的感觉，你喜欢吗？

夫妻之间，付出是自己当时的真心，过去了就不提了。越提对方越反感，越远离你。比如你给他爸治病侍候了三个月，你还花了钱。那你们一吵架的时候，你就哭着骂他没良心。那你说他咋还这个人情呢？总不能让他也侍候你的家人吧，你的家人好好的嘛。

只能是躲开。躲着躲着，发现有人拿他当回事儿，不但不讨人情债，还对他崇拜不已呢，如果是你，你愿意和谁好？

夫妻之间也是一种人际关系，付出了就付出了。就像泼出去的水一样，忘掉。

不讨人情，任何时间，你的心都是自由自在的。自由，自在，不就是幸福的感受吗？淡然，平静，不就是幸福本来的样子吗？

夫妻脸

有一次，在一个餐厅看到一对夫妻，沉默地吃着饭菜。两个人的气质非常像，都透着被对方欺负的气息。

从他们的表情中，猜他们是一对怨偶。以前也是相爱才结婚的吧。彼此的怨怼真是摧残脸啊。那看不见的心，也一定是千疮百孔的吧。

这样的夫妻脸，是无法让人不感到心疼的。

后来在聚会场所见过一个女学生，一双忧郁的眼睛，脸上也有一股挥之不去的忧伤气。谈到她自己的父母，果真是一对怨偶。打了近二十年也没离，她生生变成了一个这样沉默而忧伤的女孩。对婚姻天生有着一种防范和不信任。

陈丹青在他的书里写过，回到国内，最大的感受，是很多人的脸上有一股被欺负过的气质。其实，这个气质，倒不一定是外在给你的，最大的可能是离你最近的人强加给你的。

夫妻双方的做事习惯等的不同，若导致一方对另一方突如其来地指责，另一方根本不可能来得及防范这个语言暴力，时间久了，积累多了，再好的脸，也会被整成苦瓜的吧。

一方的脸映照着另一方的脸，慢慢两个人变成了相似的苦瓜脸。

其实也不用去验证的，你走在街上，看到双双对对的，幸福的脸是相似的，不幸福的脸也是相似的。夫妻是最亲近的人际关系。一荣俱荣，一损俱损。

如果有了孩子，那这个孩子的气质，也会成为父母亲关系好坏的一个明确记录。有时候，根本不用看更多，从一个人安静时脸上的状态，就可以感受到这个人幸福与否。

幸福的夫妻，吵架也是幸福的一部分。因为那是良性的沟通。不幸福的夫妻，一起出去吃饭也是痛苦的一部分，因为两个人的心不在一个频率。

妻子的脸、丈夫的脸、孩子的脸，细细审视一下，大致可以知道日子的质量如何。其他指标，比如几套房、多少存款、在哪就职，都是参考指标。脸上的气质，才是硬指标。

"夫友"

从年代感来说，不以科学严谨的态度分析，"60后""70后"的女人，还是喜欢找"夫爹"，希望这个男人能像宠女儿一样宠妻。"80后"起，第一代独生子女，以杨幂举例，她自己活得就是一个美少女战士，并没有把自己当成一个需要宠养的小女人。她要自己安顿自己的命运，所以不那么被动。

我个人，相对推崇亦夫亦友的关系。因为你嫁给一个男人，他对你来说，是丈夫。但在面对一些事情时，两个人如果像朋友一样的真诚透明，达成那种没有压力的、坦诚的目标，是一种理想状态。

当然，伟大的佛陀在他的一部经里说过，男人相对于女子，也应有五种名称，其中有三种就是如父如兄如子。

人心是一个情绪杂糅体，不可能只有单一需求。那么，在某个时候，某个需求迫切时，另一方如能相对给出这些能量来回应，这就是夫妻相处时的一个有效心理支撑。

有时，女方在谈感受，只需对方倾听并懂得就行，但对方却在教她方法。两个人都没有错，但因不对机也不对版，就会各说各话，都认为对方不懂自己。

次数多了，当然就不愿意交流了。冷，不是一天产生的，是一次又一次的失望累积的。

这个小文的标题，也可改成"妻友"。男人的大脑逻辑思维强于女人。男人跟你交流时，你除了像一个听众，有时还真得拿出行之有效的方法来。

男女大不同。有人问如何能知道对方仅仅是需要倾听，还是同时需要方法？在这种情况下，建议你站到丈夫位，就是人本心理学讲的"以当事者心为心"，重要的是，你的心而不仅仅是你的身站到对方位时，你才能感同身受，知道对方的需求。

无论是丈夫，还是妻子，在需要沟通时，先闭上嘴，心来到对方那里，是个什么效果，你试试，可以吗？

重新上个淡妆

在网上看到一个关于男女相处的片子。影片一开始，有几个镜头，男的在细节上，是完全展示了自己真实的槽点。

比如，女的开车，他在副驾上，大脚丫子伸到前面车窗，自己大睡特睡，女的在寂寞隐忍地开着车。到了旅店，男的任意地倒在床上发呆，根本不管在阳台上沉默的妻子。

还有好多展示。当然后来她忍无可忍，离开他了。一方根本没有改变的意愿，对方再反感也不愿意改变的情况下，只有离开。

看到这最初的几个细节，就知道，这完全是一对彼此熟悉得不能再熟悉的夫妻，一方已经完全放开自己的那些缺点，已经不会顾及另一方的感受，让人有一种爱已枯竭，根本不想掩饰一丝丝的感觉。

记得有个男人说过，自己也知道对方需要什么，也知道自己怎么做，能让对方感到开心，就是懒得去那么做了。两个人过得死气沉沉，都不愿意多待在对方身边，多说几句就开始争吵，感觉特别没有意思。

这完全是纯素颜啊。那个女人要不是脑子有问题，就是男人在婚前肯定是化了妆的样子，让她感到和你在一起过一生一定不错。

他说是的，自己也不知道怎么回事儿，结婚一段时间后，爱的驱动力消失了，自己只是个凡夫，也就不想演了，爱谁谁吧。

婚姻就变成了一个从浓妆到淡妆再到素颜的过程。

整天顶着一脸浓妆，也是怪累的。成长型的婚姻，是不怕暴露，暴露之后才看到问题所在。

两个人的功课，从素颜开始。这个时候，正是把灰头土脸的婚姻，洗几把，扑点儿化妆水，重新上个淡妆，就好过开头说到的那个片子，根本不管对方的任何感受和付出，就是自己想怎样就怎样，那就是极度的自私。

不调整一下自己的心和行为，还想让对方天天为你的行为买单，对方凭什么要天天和你犯堵呢?

要过的关总得过。

当婚姻变得不像婚前那个光鲜的样子时，正是提起心力，好好地完善自己的时候，成全对方就是成全自己。

你让别人心里好过了，你自然好过。

后宫戏

陈建斌有一次接受采访，说到在后宫戏里，被众多女人争来争去。他说：她们向我磕头的时候，我觉得还不错。等导演一喊"卡"的时候，几百个女人同时说话，包啊、化妆品啊、衣服啊，那简直烦死我了。

自古后宫就是女人争斗互撕上位的大戏出处。但陈建斌从另一个角度，说出了男人和女人关注点本质上的不同，在感情中，男人需要被崇拜，女人喜欢的是被宠爱。专宠才是重点。

平常人家，只是一男一女过日子，还是过不明白的多，过明白过开心的少。因为都想满足自己的需要，所说的爱对方、对对方好，也是自己的需要，在感情中，没有那么伟大无私的爱。

女人使出种种技巧方法，体贴呀，说甜话啊，投对方所好啊，说到底，是要达成自己的心理需要，如果一而再再而三地达不到，就会失意了，对方再多一点儿不解风情，你就会风度没了，做也不做了，怨气就来了。

精神分析学家弗洛伊德，有一个著名的本我、自我、超我理论，打个比方，本我就是饿了想吃饭，自我就是饿了去做饭，超我就是自己的饿被解决了，想到有人还没饭吃，于是为了大多数人不饿而努力。

婚姻的状态是反着来的，爱在高点时是超我状态，平淡时是自我状态，不再在意对方时是本我状态。

后宫代表的是女人们争宠的最残酷境界，平常夫妻，能够展开笑颜的日子多些，就说明双方还能在自己饿的时候，想着对方，已经很好。

所以，婚姻的本质没有那么高尚，除非双方都愿意回到自己，关注自己的内心，进而内在成长。

婚姻是公事

跟一个男孩聊天儿，他说话挺有水平的。不知道为什么，我总是感到，时不时地，被一股情绪堵住。比如，他说 A，你说了 B，他也不是全反对你，但言语中带出的情绪，让人感到有什么被卡了一下。

在他停下来喝茶的间隙，我问，你的沟通方式，和你的原生家庭有关系吗？

他点了点头。

原来，他父母的沟通方式就是这样的，男的说话从来都是堵着女的说，就是妈妈做了一个菜，问爸爸感觉如何，爸爸就说，不就是一个菜吗，废话真多，什么好吃不好吃的！

他从小耳濡目染，变成了一个无意识的交流习惯。他越是不喜欢父亲的这个方式，越是不由自主地用了父亲与母亲沟通的方式，来处理外面的人际交流。

后来他结婚了，又很快离婚了，不知和这个原因有没有关。

婚姻是一种最需要长久保持良性沟通的关系。有卡点就会难受。

在某种意义上，婚姻是一件公事。它的边际较大。你如果没处理好婚姻关系，除开对双方的父母、亲友及下一代的影响，你到外边工作或者其他公干，也会打蔫儿。你的不良情绪会波及其他的人。

你看那些暴肥或者暴瘦的人，出来一见人，一进入公共区域，是不是会吓别人一跳。极端的还会突然在公共空间里情绪失控。比如突然大发脾气，突然痛哭，根本止不住……离婚手续也要去公共空间办理，尚不算那些离婚前的纠结与情绪撕扯。

我记得以前认识的一个人，那么光鲜靓丽的一个女子，因为婚姻的差错，纠结不已。上班了也诉苦，那一两个过不去的坎儿，把自己脸也整得不好看了，工作质量也不行了，人缘也变得不好了。

你看，婚姻可不全是关起来自家的事儿。幸福是一张大网，我们都是那张网上的某个结点，动一点而关乎全网，其实一点儿也不夸张。

所以，婚姻出了这样那样的枝叶枝节，不要躲。小心地往回找，学会找源头，抓重点，就像开头提到的那个男孩。

他知道自己沟通上的问题，是出自原生家庭的模式，正在通过一些方式"疗愈"中，看相关的心理方面的书，接纳并且重新回到家庭与父母进行链接，他在努力地试着改变这个业力模式。

最近再看到他，觉得他的从小压住的火气消解了好多。慢慢修，心会变得成熟与安宁。

基本款的幸福

按老妈的指令去买香菇，卖场的人问，为啥只买 5 朵？我答，要完全按八十老母的要求，不然要发火。

对方问，谁在照顾？答，我哥。几个摊主都笑了，说，肯定你哥最不好。

不是别人有恶意，离得最近的人，就是最有缺点的人。

看到年轻男女像双生的一样，在婚礼上当着众人挡不住地亲昵，朋友很哲学地小声说，有好的时候，就有不好的时候。

不是朋友说话不吉，是人都愿意花一直好，月一直圆。但是，湖边有月也有蚊子，心情有小确幸也一定会有小确丧。

看一个人是否嫁得幸福，不要看婚礼的热闹排场，过个几载看，当时幸福得发光的女子，脸色是不是憔悴，气质有没有消沉？

不说大的风浪，仅日复一日的琐碎日常，也会因细小的习惯差异，产生细细摩擦，让人疲倦。人还是那个人，也不似那个人。

有关幸福，这些年表达了太多。从最初的新鲜清浅，再到中途的尖锐激烈，意兴阑珊，平平淡淡，走过了一程又一程，似明白了一些，也糊涂了一些。

　　每个人，都有对幸福的体感，就像一件裙子，样式会过时，感觉会缥缈。在这个世间，谁都期待幸福完美，但有趣的是，你越期待，它越远离。看似近，实则远。

　　唯有放下执念，如同选择衣服的样式，素朴端方，基本款的幸福，稍会减少过时的忧虑。

让心家徒四壁

近半年来，又一次在清减自己的衣柜、书架。慢慢地整理，就像重新梳理过去的岁月。

在清理的过程中，也纠结着要不要把这件再留一留，它是一次特别日子的纪念。那一件，曾经因着一次顾盼，与我相遇。某一件，质地那么好，是不是可以再保留一段？

书籍也是。虽然有半架子的书，我已经十年以上没有碰过，但真要送出去，也像送走自己的某段生命一样。在得失取舍之间，过去了几个月。于别人潇洒的断舍离，于我，却是一个艰难放下的过程。

整个过程中，我觉察到自己的心，也在这些动荡起伏中，慢慢平息下来，有了一些清减之后的安宁。

我是一个喜欢抓紧和拥有的人。也因此，用力地生活，用力地工作，用力地做着每一件事儿。炒菜的两个锅铲，都是同一处边角，因为我的紧张和用力，弯曲得折了一角。先生说，炒菜是多么轻松的事情，像游戏一样，你为什么要那么用力？

我都没有发现。

跟人的相处，我也是那么用力的，如果在意，对待的细节是要极致的。会细到提示你有没有按时喝水，水的温度是否适宜。先生孩子都说感到我像要控制他们似的。我说，我哪有啊，我是爱你们好不好？

有次孩子不经意地说，同学来家，更愿意跟爸爸说话，跟我说话容易拘谨。我的心忽悠动了一下。我觉得就是和我这个用力的心劲儿有关。

内外是相应的。当意识到心的用力状态时，一下子就松了。它是一个自动反应模式，你看到了，照见的同时，它就在消失。但是，如果你又在用力而不觉的时候，它又像雾气，笼罩了你。

自己的双手，在走路时，不自觉地会攥紧，发现了，会深呼吸着打开它们，同时感到肩膀一松，心也松快了。有位来访者问，如何在心理上时时放松，我告诉他这个觉察动作，他决定试试。

我清理着，慢慢磨炼着心性。如今，对着有了大片留白的衣柜和书架，心也像透了气，不那么拥挤了。同时，外面的人与事，也在减省着，我有了多的时间，看某类偏门的书，静坐。

减省衣物和书的过程，每天要面对的生活细节，与人相处时产生的一些紧绷的对境，就是修炼。不是完成了这些日常之后，再有一个时间。当然那些集中的突破时段，也很重要。

家徒四壁，形容一种物质穷困状态。心的家徒四壁，越来越少挂碍，是一种自在。

对爱的需索，同理。

老婆的意义

湖北有一种食物，叫老婆饼，听着就好温暖的感觉，男人有人疼的感觉。据说朱元璋刚刚打江山的时候，时运多变，有次被关起来不给饭吃，妻子马氏悄悄把烙饼揣在胸口，借探视的机会，迅速塞给丈夫。回去发现胸口烫出了好几个泡。湖北老婆饼之名由此而来。

记得看到这一段，先生半开玩笑地说，你看看人家的媳妇，你能做得到吗？其实，每个男人心里，都住着一个马氏这样大情大义的女人。不论男人高山低谷，不离不弃地送温暖。

这个世界上，情感是每个人心中最柔软的地方。有情才能称之为人。仔细想想，我们愿意与之来往的女子，是不是都有着一颗温暖的利人的心。这样的人做出的食物，也定有着特别好吃的味道吧。

很多人提起最爱的食物，会说一两种小时候妈妈做出的味道。有个朋友说，他最爱的是妈妈煮的锅巴粥，配上自家的小腌黄瓜，那是什么都不换的朴素美味。有个不愿意在外面吃饭的朋友说，在哪里吃饭，都像吃了半饱，只有回到家里，吃一点儿老婆亲自煮的小米粥，加上一点儿家常小菜，才感到一天落地了。

家，婚姻，幸福，落实到底，就是男人女人与食物的关系。你的爱人情绪不好，或者你们有了小口角，做一餐对方喜欢的口味的餐食。在氤氲的清淡香气中，两人就柔软美好起来了。

老婆饼，是有爱有暖的老婆做出来的。同样的食材，冷冰冰的人做出的食物，就不一样。家的气氛也是冷冷的。

在男人的世界里，老婆的存在，代表了一种关怀和温暖，代表了一种心的安顿与靠岸。就像一个男子说的那样，再怎么样强悍的男人，都需要一个温柔而坚定的女人可以依靠。男人不像女人，愿意公开地承认自己的心是依靠女人的。

爱的味道，有时就是食物的味道。愿你能在某些时候，做出爱人喜爱的味道。

"妈宝女"

批判"妈宝男"的声音，一波又一波。大家跟着闹哄，无非是发泄一下自己那个当下的情绪。

我想说说"妈宝女"。

妈宝女，饭来张口衣来伸手是物质层面的，还有一点是在精神上没有脱离原生家庭。我近来接触到一个这样的女孩，她说上大学时恨不得带着妈妈在身边，自己不会套被子，不会整理床铺，吃饭都恨不得躺着。

也确实啊，观察了一下，安排她做的事，不想做就不做。吃东西如果自己爱吃的，会盛很多，然后剩在碗里，第二天还有。她男朋友离开她了，她觉得是男朋友没有人性。她说自己哭好多天了，不知道他能不能知道她其实很伤心。

她这么说的时候，有熟悉她的一个男孩接话说，你就没想过你有什么问题吗？看她一脸茫然，这个男孩说，如果我娶太太，我可不愿意对方像你这样，不能自理，又那么任性……

这说到核心了。男女之间，除了你侬我侬，还有日常生活的琐碎需要打理，谁也不可能带着妈一辈子。要实打实一天一天过下来的。男人再爱你，也不可能你一点儿事儿都不用做。

现在有些妈妈，觉得自己的女儿要富养，不能去给男人当保姆，还有的天生勤快，把自己的女儿养得没有日常生活技能不说，还非常任性。这样的女孩，只有妈妈会当作手心里的宝，如果你有幸找到一个好婆家，一生不用亲自打理生活，那是你前世拯救了银河系了。

前面提到的这个女孩，代表了一类"妈宝女"，在生活中、精神上，都非常依赖自己的母亲，根本不知道结婚过日子意味着什么。觉得对方好就想嫁，过不了多久矛盾来了，还得回家找妈。

幸福需要历练，如果你是那个"妈宝女"，在生活中、在婚姻中吃了瘪，不要光急着怪对方，看看自己如果是那个男的，还想不想娶这样的自己？

慢半拍

有次我脾气突发，把一个朋友损得哭了。虽然她后来把我骂了一顿了事。我还是后悔得不得了。怎么就没有控制住呢？

后来一个过来人说，对方挑战你的时候，你先不要做反应。你先定住。实在定不住，就先离开现场。静一静再做反应。

好吧，我先静静。

很多的道理，不是不懂，就是在那个当下没有用上。夫妻之间，很多时候，都是一句一句的对话，然后顶在某个点上，一方突然就发飙了。另一方在突发的现状里，还来不及冷静就做出了对立反应。

然后呢，就是又一轮的争执。复制以前的那个发作模式。冷静下来后，又追悔自己的傻瓜发作模式。

在婚姻中修行，你不是需要掌握一套高大上的理论，而是在每一个具体的卡点上实修，照见它，穿透它，就过关了。

一次不行，再来一次，总会有一次，你能在发作的前一秒，看到了这个发作起点，那么，恭喜你，通关了。

诗人木心有一首诗，《从前慢》。有一句大意是说从前的信投入邮箱，有一种郑重和悠长。从前是慢，悠悠的，焦虑和火气就不那么多。现在是手机好几个，随时刷着微信微博。心里装得满满的，能不烦累吗？

慢半拍做出反应，是相对说话办事儿，婚姻中，更重要的是从源头上处理，是减法生活事项、生活内容，把心安住在自己今生最注重的事情上，反而不会有那么大的焦虑与火气升上来。

再往深一些，是从更深的习性上下手，别急着表明自己的态度，别急着表达自己是对的。更别急用发飙表态……

先让心慢半拍，再让事儿减半拍，你的嘴就会感到可以控制一些，可以慢半拍做出反应了。

我们所忽略的

有次在医院打针，看到一家三口。画面是这样的，孩子在打针，当妈的在给孩子念有趣的故事，对孩子的疼爱担忧满溢着。其间她先生问了一句话，她没好气地嚷了一句，就接着给孩子读书了。

这个小细节，十年过去了，我还是没忘。当时的那一个细小的不舒服，一直隐隐地，像一个小小的刺，微不足道，却是存在。

起初我觉得那是母亲对孩子和先生的一种爱的偏失。后来我发现，除了这个爱的偏向，还有一个非常重要的问题，那就是她当着孩子的面，以那样的态度对待先生，可以说是一种让人不舒服的语气了。

她不是故意的，就是自然流露。

让婚姻变得难受的，恰恰就是看似不经意不能提得出口的不舒服。谁不愿意受尊重呢，身边人的举止言行，才是最让人情绪受影响的，最考验人的不是时间，是身边人的细节修养。

在我的家里，我是不喜欢芹菜的那种味道的，如果我回家，闻到了这种味道，第一反应是快速地打开窗户，让空气产生对流。注意对方反应的时候，对方已经产生了那种小不舒服。

我也不是故意的，也是自然流露。

我的一个朋友说，她也是的，丈夫身上如果有了头皮屑之类的，她第一反应就是打扫掉。等她打扫完了之后，才发现他的小小的不适，因为周围有一些人在看她的大幅度动作……

那样的小不经意累加多了，对婚姻就构成了一种不小的蚕食。

千里之堤，溃于蚁穴。其实，我们的那些小小的举动累加起来，有时就是让对方受到大大震动的破坏炸弹。这有时比两个人有预谋的一次大吵，更有杀伤力。

我们的习性，是一种根深的习而不察。

标　准

　　前几天，请人做卫生，怎么也达不到要求。我的气一下子动了，都教给你怎么做了，怎么就做不到呢。也许我逼人太急了。对方在我毫无防备的情况下，一下子爆发了。大吵大叫了一番。

　　我当时也很生气。但是我看她发脾气的时候，脸都涨红了，正是不能自己控制自己的时候，就躲开了。后来她冷静下来，跟我道歉的时候，我也道歉了。怪自己太生硬了。

　　事情平息后，我开始往回找，找发生冲突的源头。我发现源头是我脑子里有一个对干净的标准。如果对方没有达到，差得很远，指出来了也没见改正，就更生气了。连努力都不肯。

　　紧接着，有一个人求我帮助处理一些琐事儿。我尽力做得细节完美了。结果对方却说我弄得太复杂了。我的心当时立刻紧了一下。

　　后来自己反思，我的标准，不是她的标准啊。我以为的标准，人家并不以为然啊。

　　人的脑子里，基本都有一个自认为的标准。以为自己这个标准就是标准了。其实在生活中，标准是一个很个人化的指标。那些出现冲突的点，都是因为标准的不一致造成的。

夫妻间呢，如果你的标准对方没有达到，你生不生气呢？对方对你也肯定有一个衡量的标准，你没有达到，对方也会有不舒服。

在婚姻关系里，一是一二是二的话，绝对行不通。一不是一，二不是二，细节的标准是活的，这就能通了。通了就融合了。

有一个太太说，她对家里卫生的要求是，我收拾好了，你不能弄乱。你可以弄乱，但你得再恢复原样儿。这两条标准也基本等同于无。她的不快乐，来源于对方对于标准的低执行，或者不执行。

现在她是想收拾就收拾，或者是对方的空间她基本不动，这样皆大欢喜，各得其所。两个人不再顶着，家里欢乐多。

为什么一个电影出来，褒贬不一，都是投射的自己的审美标准。每个人，心里都有一把尺子，你量自己 OK，你量别人呢？

快乐的婚姻，是大的基本原则统一了。其他细节，各自量好自己。

夫妻共赴一场人生，是多大的缘分，好好衡量自己，好好善待对方。

细小的感受

对我好的人，如果也对别人好，我就会有丝丝的不安。记得有一次，看到一个像妈妈一样对我的长辈，在和另一个人亲热地聊着天。那个情境，让我感受到细小的不安。

我问自己，为什么会这样？是觉得对方给别人的爱多了，给我的就少了？或者对别人好了，对我的好就没有了？

仔细感受，觉得那是一种怕不被爱的感受，特别微细。之后我发现这是一个困扰我多年的模式。怕自己不被爱的这个魔咒，让我极没有安全感。

这种感受，当我试着表达出来的时候，那些激起我这些情绪的人，有些不知道我说的什么。觉得我没事儿撑的，太敏感了，太小心眼儿了，诸如此类的反馈。这个时候，我感到特别孤独。明明是一个特别的需要觉照的模式啊，怎么你们都觉得无聊吗？

但是因为我觉察了这个感受，好多次出现过，我找到了这个模式的同时，也慢慢破了这个模式。这就珍贵了。

婚姻中也同理，你因一件事儿，一个细节引发的感受，只是你自己的感受，另一半并不会感同身受。你以为天大，对方瞪着无辜的眼睛，认为鸡毛蒜皮儿。

类似的情境，是不是很多？

你的感受只是你的，对方会错意时，不要难过。因为你也不能跟对方的感受在一起，对方也会觉得你不理解他。

而这些细小的、跑过的感受，恰恰是较接近内心的部分，悟明白了，容易得到生活的受用，就不会那么容易悲伤。

比较大条的人，心大。自己起的念和感受，自己都不知道。有次，我明明感觉到了一个女的对一个男的有些歪心思。可她并不觉得自己动了念，说话的语气里，已经有一些东西溢出来。这类人，生活中比较易快乐，但不利于自心的修行。

向内，把粗心修成细心，进而微细心，当你进入自己的感受深处，会听到看到别人听不到看不到的细节，比如风的流动，比如静坐中，你的心上跑过的千万个念头，等等。

构成幸福的要件，不是多少钱多少楼，而是你的觉知力，你的感受。你的感受只是你自己的，是独家的。

当你在婚姻里或者其他场所，你还能细微感受，你自己是丰满的。也许别人不了解，那不重要。重要的是，你是活生生地在觉察。

你送的礼物，他没领情？

偶有闲散，女人们聚一起聊天。

说到礼物，其中一位说，有次先生过生日，她买了一件名牌 T 恤，还手写了一段话，一并放到先生的书桌上。晚归的丈夫看到，不屑的眼神，以及当时的话，她一直记得：

"你能不能少来这套，多想想过日子的事儿。"她悲愤之下，再也没有给他买过一个礼物。

另一位说，最近丈夫过生日，她给他买了几个包子。他乐极了。她记得他们一起出去逛街时吃过，他对这种辣味包子赞不绝口。

还有一位说，她就是买花和蛋糕，对方反应就是乐呵呵地收下，并且说，反正是花我的钱，你倒挺浪漫。给了一个领情的态度。

三种态度。

那个受到一万点伤害的女人说，当时刚刚来到一个新的城市，房子是租的，工作尚不应手，不知道未来在哪里。她先生的那个反应，一是怪她不识愁滋味，二是他小时候挨过饿，是个很节俭的人。她后来反思，若当时给他亲手做一盘儿他爱吃的饺子，可能剧情不一样。

送包子的女人说，还真不是花钱多少的问题。知道对方心里怎么想的，比较重要。

恋爱的时候心思都在对方那里，知道对方的心思，并且能去做符合对方心思的事儿。结婚后，多数人都反过来了，心思回到自己这边了，就按自己的心思来了。

给自己丈夫买礼物，从一个小角度可以看出，你吸引到的幸福是什么样子的。

这三个女人的选择礼物，男人反应不同。但可以总结一个共同点：花钱的多少不重要，能够投其所好，才代表你的用心。

怨妇，就是一厢情愿。费力又不讨好。

自以为是的付出，都是自己的戏码。

你嘴那么差，还想要温情？

　　一个熟人邀约了几次，也恰好手头有事儿，都婉拒了。后来想，自己也没有那么忙吧，咋就推了呢？还是潜意识里不想见她。

　　原因只有一个，就是她的嘴，随时都在否定你，她是让你犯堵的那个人。

　　记得有一次在去吃早餐的路上遇见了，就一起坐下来。闲聊的话让我早餐都吃不下去了。我发的微信朋友圈，她也上去发表一下让人犯堵的评价。

　　你看，就算只是一个熟人，她的差评，也会给你的生活造成一些负面的能量。更何况是夫妻。熟人可以不见。但另一半你不能不见。

　　习惯于给人差评，让人心里膈应的人，在成长中，基本都有一个差评师父亲或母亲，或者两个都是。无意识地承接，再向周围散发出去。

　　有一位丈夫说，他爸就是随时给出差评的那个人。随时都看到他爸的嘴在张开，他就笑着说，爸，你不是又在想用什么词儿否定我吧？他爸当时一愣，很尴尬地笑了。

在否定他。要不是他后天的学习与内在成长，他可能一生都会在一种差评中不自信地生活，什么也做不成。

经过修炼成长，他现在家庭挺幸福，对于父亲那种老也不改的嘴，也一笑了之了。

为了证明他的成长，他还讲了细节。有一次他正在说一个事儿，看到他爸的嘴在张开，他就笑着说，爸，你不是又在想用什么词儿否定我吧？他爸当时一愣，很尴尬地笑了。没再说啥。

作为夫妻，如果对方不愿意和你在一起，话不投机半句多，你真的需要好好反观一下自己，是不是成了对方的差评师。婚姻的质量就在一次又一次的差评中，变成了随时的精神伤害。

嘴损的男人女人，有时并不知道自己哪里出了问题，也意识不到自己有问题，就比如我说到的那个熟人，还以为自己都是高见，像一个农人，用铁锹铲土，一锹锹地都能把你整个人埋了。这是一种不自知的习性。

谁愿意一而再再而三地停在你身边，受这个负能量的熏呢。

反省三分钟。

气味相投

所说好的夫妻，是从细节看的。比如妻子感冒了，丈夫必有感应，而且关心在眼神里就有流露，而不是在外人面前演戏。双方的那种气息的流动和匹配，是能感觉得到的。

旧时婚姻，讲究门当户对，以前理解的是经济的匹配。过了一些年，看过不少现世的真实故事，觉得气味相投的两个人，更易幸福一些。内在的门当户对吧。

再细观察，发现幸福的夫妻有两个指标比较重要，那就是口味与其他喜好的相应。你爱吃辣椒我也是。你爱好的我也爱，就是我不爱，但我也懂你爱这个人或事物的心情。知音的通俗解释，可不是就气味相投嘛。

仅靠荷尔蒙，不一定长久。如果一方的兴趣爱好，是另一方欣赏的。一方的缺点，在另一方看来是可爱的，更深一点儿说，惺惺相惜。

有些动物，是凭借着对气味的判断，来发现同类。人因为太计较太聪明，给婚姻对象贴上了太多的标准。比如财貌相当，比如学历相当。我就亲眼看到一对金童玉女，硬指标都匹配，几年内却变得面目皆非。另一对在别人眼里并不般配的夫妻，却过得顺风顺水。

就像小偷和小偷做朋友，厨师和厨师聊得多，只因气味相投。正如厨师做的菜，被食客叫好。

好多因琐事打架的夫妻，就是荷尔蒙的激情已失，不再听得懂对方。

牵缠是病

前几天，十二年前结识的朋友，来到我的地盘。我尽自己所能地安排着，全心陪着。两天后我感到极其疲惫。而这个朋友，紧接着也取消了我安排的另一个行程。

这个朋友说，累了。想一个人待待。但是，当我决定按自己的节奏，忙自己的事情时，对方又要一起走走。如此反复几次，让人感到心情的无常。

其实，这与爱人间的相处是多么相似。起初，两个人黏腻着，什么都要和对方交流分享。这样牵缠久了，很累，身心俱疲。之后就是想着逃离开，一个人透口气。可当一方放松下来，不去牵缠时，另一方又开始来抓取。

这就是人性的特点，都习惯于向外抓取。抓取过于紧密，就想逃离。逃离了又觉得缺些什么，又回过头来抓取。

生活中，那些流传的男女相处的技巧，其实都是教人怎么样抓取得更好。比如说让你放松放手的小伎俩，也是给对方一个不抓取的错觉，实则是为了更有力地抓取和牵缠。

那些热烈的情绪，那些你侬我侬。当你静下来的时候，再回看，是不是过于粗糙与肤浅，让人昏昏然沉入，不知所以。

人到中年，有些理解细水长流了。那绝对不是轰隆隆的瀑布式的情感模式，而是一种沁入心脾的清淡自由。自己不累，对方也不累。

女人情重，那些怨恨恼怒烦，那些贪嗔痴慢疑，多因一个情字引发。网上那些过激的情爱言行，那些死去活来，也多因牵缠。

在情感上的潇洒，是分得开，聚得拢。你是你，我是我，我们是我们。分不清可不行。

牵缠是病，是痛，放手放心，情病自除。

清，淡，静，柔

有个修行的朋友，回答我提的关于女人的状态问题，回答了四个字：清，淡，静，柔。

我听了静静思考半天。

确实，能够达到这个标准的还真不多，风风火火的太多了。"她世纪"啊，一些能干的女性提出女权。在这个问题上，有女权就有男权这样的反义词。是对立的，所有的对立都让人心累。

在这个问题上，我更赞赏演员俞飞鸿的回应。她说，我既不是女权主义者，也不是不婚男权主义者，如果问我的态度，我更喜欢"平权"这个词儿。

回答得非常云淡风轻了。

对于能力强的女人，有一个误区需要澄清，那就是能力强不代表你要强悍得像个爷们儿。与人说话仍可以柔和，可以安静，可以清雅，可以淡然。

平时喜欢静坐的人，可以体会得到，静下来时，心都跳得不那么快了。另外三个字，在这个静的状态里，就有体会。心的感受也会变得越来越细微。

清，淡，静，柔，指的是状态，不是林黛玉那样的弱柳扶风。佛典里，有热恼一词儿，也有清凉一词儿。可以体会一下，热和恼为啥联系在一起？清和凉为啥在一起合成？

联想到婚姻的状态，有一些理解"平淡是真"了。整天腻在一起，热着热着就恼了，平平淡淡才是一种舒服的状态。清清淡淡的，分得开，合得拢，处在其中，又不在其中，两人的状态，也会自在。

就女人本身，个人喜欢清、淡、静、柔这几个字。是作为女人的一种有趣打开方式。女人属阴，正合这几个字。

就在婚姻中实地修行，在每个咬牙切齿的时刻修行，在每个不开心的细节上修行。且要找到热恼的源头，找到源头才是入手处。果上是标，源头是本。

不是你打扮得女性一些就幸福了，作用有点儿，但不大。重要的是心是不是平和，心平了，气就和，气和了，就不会躁。就不会带着一股躁气，就不会烧和燎到自己和别人。

清，淡，静，柔。

人妻出轨

出轨是意外。处于蒙圈中的当事者，在巨大的痛苦中煎熬，无法安抚。

可热恋的时候，谁想过出轨呢。决定相守一生的时候，谁想过会出现这样那样的狗血八卦呢。

有位蹚过这浑水的女人说，特别有意思的是，虽然就在同一个公司，激情时段过后，她再看到他，一点儿感觉都没有呢，就很奇怪以前的某个时期，怎么会迷成那个样子呢。她感慨地说，当时真的想离婚跟着这位往前奔的。

现在，用她自己的话说，"幸好幸好"。她的意思是，幸好没有真的去离婚。家庭得以保全，因为这一档子事儿，她是更爱她的丈夫了。

有人会问，那她的丈夫知道吗？
如果是相爱的夫妻，不可能没有感觉的。那位丈夫的智慧就在于，没有穷追猛打，也没有拿出一副"你脏了"的架势，让她从那以后得跪在婚姻里生活，以观后效。据了解，他们后来真的很幸福。

至于男人如何处理那些脏感的情绪，我无从知道。作为一个正常心理的男子，也肯定会纠结到失眠吧。一个在这样的事情面前，能最终淡定处理的男子，应该是一个有格局的人，知道这个世界上一切事都不可能百分百的干净。接纳这个世界的多元性，也就与自己和解，与另一半和解了。

婚姻不保险。男人女人都可能脱轨。就像一件衣服，它脏得有点儿多，而且很多人围观了，你还要不要这件衣服？不要？只此一件昂贵的单品。要？得费多少力气来处理这个脏相的、被染污的位置？

与其遮着装着，不如真实地面对自己的情绪。这个情绪愤激点过了后，才会有正常的智慧来处理。

被绿了的男人，感性和理性都很重要。有兴趣的可以了解一下，身边一怒之下离婚的，后悔的占多少比例。

王菲有一首歌叫《执迷不悔》。对于我们平凡人来说，执迷有可能执迷，但看到身边人因自己的执迷而伤痛无比的时候，不可能一点儿悔意也没有。

人妻出轨，是点一场野火。火烧起来后，不好控制，你愿意让它吞噬一切吗？

顶好的丈夫

香港已故一代红粉作家林燕妮，关于男女关系，她写过《一见杨过误终身》，却说，找丈夫顶好找郭靖那样的，老实，可靠，包容，真挚，且在大方向上不犯任何错误。

像她这样华服美貌的才女，都把老实、可靠、在大方向不犯错误等当作顶好丈夫的指标。可见，对于女人来说，一个在大方向上有底线的男人，才是心目中顶好的丈夫。

如果一个人在大方向上出了格儿，另一半再怎么说原谅，都是扎在心深处的一根刺，即使尖锐的疼不再了，隐隐的钝痛不会消失。说完全不介意的，请举手。我统计一下。

在你面前夸另一半的，那你们是普通的熟人；在你面前秀恩爱的，你们是显性或隐性对手；你在其面前吐槽另一半黑历史的，要么是很近的朋友，要么是已经或者想和你走得更近的异性。

再回到主题。

郭靖在金庸小说里，是一个顶好的丈夫，他有一个顶聪明伶俐的黄蓉来配。生活中，顶好的丈夫是怎样的？如果只有老实、可靠、包容等品质，如果没有职业光环的加持，你还愿意说他是一个顶好的丈夫吗？

郭靖可是一代大侠啊，这样的江湖地位，再加上老实、可靠才是亮闪闪的顶好丈夫。如果仅有后者，女人们是否会认为这男人是个一棍子打不出个屁来的窝囊废呢？

再往回推，蓉儿遇见他的时候，他还不是一代大侠，在她的多方努力下，习得更深武功，才慢慢变成一代大侠的。顶好的丈夫，不是天生就摆在那里的。

眼光很重要，对方还是粗坯时，成器的品质，就被"看见"。

不管你的另一半走在哪条来的路上，自己先成为一个顶好的人。有自己的本事与爱的能力，外加可靠、包容、真挚。

顶好的丈夫，与顶好的妻子一样，像煲汤，需要时间的小火慢慢熬。

下嫁了吗？

刚过完年不久，女人群里开始了大投诉。A说不行了得离婚了，过年回娘家，丈夫当着娘家人的面跟她吵起来了，好几次了。这日子不能过了。本来嫁给他就是下嫁。自己一个高才生，嫁了个一般般的。

"下嫁"这个词儿，像一个导火索，一下子把女人们的心情燃起来了。B说，自己当年如何如何的美，顶着各方压力嫁给他，却过得憋屈极了。三观不一致，抠门儿得很。C说，如果知道他现在这样的冷漠，绝对会选另一个而不选他……

终于声讨痛快了。有一位才慢悠悠地说，她妈也是这样说她爸的，她婆婆也是这样说她公公的，她大嫂也是这样说她大哥的，她的女友们也都是这样说丈夫的……

群里出现短暂的沉默后，一片大笑的符号。都说太对了！自己当年嫁的男人咋就一文不值了呢。

嚷嚷着非离不可的那位，就此消停了。

男人们也会这样想的吧？当年那个像小猫一样温柔的女

人，怎么过着过着就开始张牙舞爪了呢。

在过日子的实际流程里，一个男人和一个女人的磨合，家庭成员间的交互磨合，真的不亚于处理一场又一场的战争。有时候，真是太扎人了。

过来人说，当一方伸出刺来的时候，一方不知怎么接招儿，大可以三十六计先跑为上。因为两个人的冲突，一时情绪上来，什么难听说什么，什么招儿扎人就用什么招儿。强势的必然欺压到弱一些的。如果旗鼓相当，那就两败俱伤。

谁还认为存在完美的婚姻，谁就是一个追梦的梦中人。哪有百分百？

如果你未婚，如果你的结婚对象给你的是百分百，那建议你再冷静一下。
如果你有一定婚龄，如果不是特别触及底线的细节，还是静一静，想想初心。

你没有低嫁，他也没有高娶。
不是一家人不进一家门。

舒服的婚姻

在一个聚会上，我同时结识了两位女子。其中 A 个子不高，对我更热情些。但是，我自觉不自觉地，就愿意和高一些的那个女子 B 待在一起。看到 A，我会不由自主地涌出笑容来对应她的善意，但我能感到，心有些防御。

让我感到放松的 B，她本人的气场就是放松的，幽默也是很自然的。我看到她，就心情一阵好。和朋友分析这个感受。朋友说，这是当然的了。潜意识知道和谁待在一起更舒服。

后来，因一个不大不小的细节，女子 A 对我突然大发雷霆。我真吓到了。后来听说，她确实是一个爱发脾气的女子。她也不想那样，但是不合她心意的事情来了，她控制不住自己。

B 呢，每当听到她跟老公打电话，她温温的，没有什么夸张，说的无非是这次回家，手工做饺子给他吃，不再买现成的糊弄他了，用手揪面疙瘩给他下汤吃等这类的家常话儿，听得我一阵温暖，觉得这不就是日子的气质吗，根本不用演啊。太舒服了吧。

婚姻成立后，和一个男人生活，只要回家，你们的身心就不由地进入紧绷的防御状态，那时间久了，你说会是一种什么情况?

婚姻需要的舒服，是会让人感到平常心的那种松弛，对双方的身心健康都有好处。如果两个人越过越觉得紧张。那身心都会受到影响。

这个舒服的状态，无法用数字表述，就是一种感觉。也可以说是"克"与"不克"的问题。愿意待在一起的人都是相生的。谁愿意和相克的人待在一起呢?

夫妻两个人是有能量互动的。能量顶着肯定难受。

如果感到婚姻不舒服了。一定是要从自己下手，这需要从个性上下手。虽然不易，但能变的。

以前身心中的刺，可以通过一点点儿地释放，同时找到根源。这些刺儿，这些不好的能量后面，是自己的一些尚未解开的结。疏通了就好了。

心理学上有一种治疗方式叫作"叙事疗法"。就是通过跟陌生人或者心理师的诉说，来消解掉这些凝结许久的、黑暗的内在。

前面提到的 A，她是个聪明的女子，意识到这个问题后，她也在试着学习与觉察，慢慢让自己变得松弛。

当你感到你的婚姻紧绷时，试着疏通自己，自己的身心都放松了，你自己自在，对方跟你相处时，也会自在。

谁是谁的

　　有一个年轻的女孩说，她看到周围一些女友，有了男朋友后，为对方的乐而乐，为对方的悲而悲，完全不能自主一样。作为局外人，她感到情绪被牵着走特别可怕。

　　以为自己给出的爱很高级，很纯粹。小说和电影，文艺作品扩大了对这种情感的歌颂了吗？就我的观察，现实永远比小说和电影更加严重。

　　有位丈夫因外遇，向妻子提出离婚。这位妻子起初很痛苦，觉得自己那么一心一意爱丈夫，对他那么好，他怎么能那样对她？

　　其间，一个以前的大学校友，对她表达好感。她有一刹那是动心的。回家后，她反思自己的心理，问自己，如果有一个男人，各方面都比丈夫强，又对自己好，自己会不会动心呢？

　　当她明白了那个答案后，她就不再那么痛苦了。而是好好地做好自己该做的，至于男人想离婚。那是他的选择。

　　奇妙的是，当她放下那些不平和挑剔，对丈夫平静相待时，丈夫反而变化了。后来剧情反转，又回到了她身边。

这个发生在婚姻中的事件，彻底地颠覆了她对一个人的依赖和执着。她说，心回到了内在，从容和自在的状态，是千金不换的。

再看到她的时候，她变年轻了，轻灵了，有自己喜欢的事情在忙。她说自己也只有这一生，她先把自己活好了，才能以一个舒适的姿态和对方相处，和其他关系相处。所以感情最终是向内的。

谁都不是谁的。所谓最佳的爱，是你知道你是谁，对方是自己内心的外现。

借一句常用语，你是谁，就遇见谁。

暗　号

记得恋爱的时候，我喜欢吃某种菜式。男朋友说，我带你吃遍全城的餐厅，每次都点这道菜，直到发现最顶尖的口感，直到你吃腻为止。

后来他没有做到。扑面而来的是小孩儿、职场、长辈等这些人生的责任傍身。两个人出去吃饭的时候少之又少了。

就是真的一起出去，坐下来，也是特别实在的话，两边的老人，孩子的学习，工作上的一些过不去的卡点，还有多少没有落实的事情……

但是，每当想起来从前的某个细节，对所爱的人，那个当下的一种表达，那么具体，甚至能触到那种细微的温情。

朋友说，她记忆最深的是，结婚后，两手不沾阳春水的大小姐，跑出去倒垃圾，结果门被风关上，她没有带钥匙，她披散着头发给爱人打电话。彼时爱人正在出差外地的机场，刚下飞机。当时，二话没说，又坐飞机返回来，把钥匙给她后，又飞去开会。

她说，就这一个细节，让她记一生他那时的温暖与可依靠感。

很多男人以为女人在婚姻中，经常要花样儿不停的浪漫。其实，女人们要的也并不多。有时的作，其实是想引起男人再一次的注意。不是每个女人都非要鲜花与钻石。有时真的就是一个小小的动作，就温软了女人的那颗为家为老人为孩子日渐粗粝的心……

有没有一种爱，天长地久？

我想说的是，看你的标准是什么。在我的周边，爱人间的爱与温情，那样绵长与妥帖的细节，是有的。

似看不见了，但是它是能感知到的，它若有若无，但却是联结过去与现在的一个最好的证明。你看到的那些平淡如水的婚姻流程中，是有着那样的一种日久经深的丝绵线。让心不会迷失的一根线。

串起来的那串珍珠，是一个个小小的过往细节，有的打动过你，有的打动过他。这也是婚姻得以维系的一个个小暗号。

这样的暗号，你还记得多少呢？

当你感到日子枯燥得难耐的时候，不妨回忆一下。由此擦亮婚姻之灯，照耀你们走过一些泥泞，或者无聊时的日子。

温柔和体贴

微信群聊，我说，我对人体贴是体贴的，但那不是温柔，我自己知道。有人接茬儿分析道：是的。体贴是一种礼貌。而温柔是有爱的。

我琢磨了一下，觉得有道理。

记得我在某处休养生息，下山时，送我的年轻男孩，为我准备了路上吃的小食，好几种。我嫌麻烦不想带。他说，我精心选的，你带着吧。我当时有感动升起。但我知道，他那是一种待人的体贴。

他对别人亦是。如果看到有人因为天冷手冻裂了，会递上自己在用的药膏。

体贴是比较宽泛的。里面有不泛滥的温情。
而温柔不同，它的范围更局限一些。应对所爱的人。

就像一位婚姻中的男子说的，女人一柔，男人就蒙了。在婚姻中，能做到体贴的，可以打三星吧，如果能把温柔运用得好，那就是一个很有妻子美的人了吧。

在我的周围，能够用"温柔"这两个字形容的女子，还真的不多。女汉子多，抱怨自己又当妈又当爹，连带把体贴都丢了。一个朋友说，她太累了。没有那个时间也没有那个心情了。

对于温柔的理解，知乎上的回答很有意思。有人说温柔是对这个世界的善意，是基于理解和包容的品质，是一切温暖的力量；有人说，温柔是什么？温柔就是爱呀，是因爱而生的不计回报的保护欲；有人说，温柔是尊重；有人说，接纳他的脆弱，尽最大努力包容他支持他为他解忧……

对于这两个字，每个人都会有自己的理解侧面。

我想表达的是，不但女人需要学习温柔，男人对女人，也一样要学习对爱人温柔以待。为什么韩剧那么俗套的剧情，都会让女人感动得流泪呢？就是因为男人对女人那种温柔吧。可以为女人蹲下来系鞋带，还能系成五角星的细节，你能不为他的温柔动容吗？可以打一个大大的五星的等级了吧。

像水温刚刚好，像划过手心的软棉，像春阳照在脸颊。对于爱人，最好的待遇，不过是高于体贴的温柔。

记忆出了错儿

有一个婚姻走过大坎儿的主妇说，以前，她丈夫不让她上网，砸她电脑，她也去砸他的电脑。两个人就打成这样儿。

后来，她看这样下去，家就不成家了。便琢磨改变。慢慢地她发现，其实很多时候，是自己把丈夫的话，加了自己的理解和情绪记忆，像戴着有色眼镜，再反射回去，就是一场仗开打了。

比如，丈夫说，今天这个菜做得好难吃。她的理解反应是，你可真难伺候！情绪也就同时负面了。如果再怒怼回去，用以前的这类记忆各自进行反击，这就是一场陈谷子烂芝麻的戏码。可以说是一个菜味儿引发的家庭战争。

就是买一捆小白菜，也是各有态度，都想按自己的愿景来。所以，你看到在菜场争起来的夫妻，千万不要感到奇怪。

男人的记忆点，也许认为那捆大叶子的小白菜是炒起来会很好吃。女的也许认为大叶子是有农药的，另一种小小的丑丑的更有菜味儿。

有时几个主妇一起交流家庭冲突，都有同感。经常是在一个细节上一言不合，然后就各自回同一个家。路上自己都感到莫名其妙，咋突然打起来了呢？

再回头看这些导致吵架的细节触发点。面对的是同一个事儿，为什么两个人都不能达成一致呢？

同一个事儿，两个人固定的记忆点也是不一样的。比如，买一捆小白菜。丈夫记忆里叶子大的炒了好吃，所以想选择大叶子型，妻子的记忆点是小小的比较安全有菜味儿。

谁错了？

都没有错。是我们的固执出了错儿，更确切地说，是我们的记忆选择点不同。

男人女人各自以为的记忆常识，其实不是常识。你认为的A，在对方那里，是B。

明白了吵架的源头是什么，就不会执拗于自是他非。就不会常常觉得对方不可理喻了。

无微不至=用力过猛

自己其实是一个很用力的人，如果选择做什么，就会把它做到极致。比如洗一只碗，会洗到无瑕，恨不得把碗底的一个凹点里，针尖大小的微尘都洗净，把它洗到光洁透亮。更别说对自己在意的人事物，不自觉地会过于用力。

年轻的时候，对人也是这样，会无微不至，会至心所向，眼里心里都是你。直到对方选择逃离，所说的爱到令人窒息，就是这样一种感觉吧。

无微不至，其实就是用力过猛。

在情感的流向中，为啥说爱得多的那个人是输家，除了从量上来讲，还有就是一个太过用力的问题。有的夫妻，一方让对方觉得自己如何任性，都会得到原谅。极大的不平衡，后果很严重。

当你无微不至，然后另一个人背叛的时候。实际上是你的问题，还怨对方不知道好歹。长久的不对等，就会动荡，就会起变。

中年是一个非常有意思的年纪，刚来到中年的时候，恐惧老。恐惧得不到关注和爱，于是就更加用力。以至于大街上有少年叫一声阿姨，自己就会难过好久，不断地想把自己变得年轻起来的办法……

　　经过了洗礼之后，才明白了一些，原来，当你放松下来的时候，当你不再为了什么而取悦别人的时候，当你好好地觉知自己的心在哪里、在想些什么、有没有过于用力的时候，你就不那么紧绷了。当你放下了往前的拼力，反而会有一种舒服的气场出来，对方也更愿意靠近你，你和周围人的关系也更加自在了。

　　俗话说得好，行到了，才知道。

　　当你付出的很有怨气的时候，当你和对方的关系不顺时，不妨停下来看看，是不是做得太好了？过分了，才这样。

　　勿要急着表现、表达、更加奋力地付出，而是停下来，起码来个逗号，喝杯茶，吃点什么，喘口气儿再说呢。

　　爱的能力，不是无微不至，也不是冷漠，更不是算计，而是适可而止。知止不怠。

误读夫妻

名导姜文在一次访谈中说，他不太看影评，因为发表评论的人，谈的都是自己，对电影本身是"误读"。他根本不介意。

我深深认同这一点。

对于别人的误读误解，也不像以前，掰扯个没完，我不是你说的那个意思，我是什么什么意思……对方说，别逗了，你就是那个意思，我还不懂你吗？

读错了心，会错了意。人间本是误读、误会。

尤其在夫妻关系中，你如果是一个中立的观察者，就会发现，妻子嘴里的丈夫，和丈夫嘴里的妻子，根本和你印象中的那两个熟人对不上号。

记得有一年，一个好友到我家评理，看看到底是谁错。先和我谈的，听我一说，觉得我委屈，对方不怎么地。和对方谈，又发现我不怎么地。然后他非常惊讶，说，哎呀这夫妻关系真是一笔糊涂账，算了，别争理了，赶紧生火做饭吧。

就像盲人摸象的小故事，大家都是以自己感知的部分推出见解，再很肯定地说出来。每个人都拿着自己的一部分碎片，说，大象就长这样儿，就是这么回事儿。我说的是对的，你的是错的。误读得南辕北辙。

夫妻吵架冷漠时，说出的台词都差不多：你变了，你不是从前的那个你了！从前也是误读，现在也是误读，相应你彼时彼刻的这个情绪。

所说的三观不合，就是你误读我我误读你罢了。哪有那么深奥的时髦？

每个人都在误读着别人，甚至自己。

想要避免误读别人，先把自己读懂，比如突然的愤怒和悲观的情绪是哪儿来的？为什么做了这个判断而不是另外一个？为什么爱人明明还是那个爱人，自己的感受却变成了另外一个比较陌生的人？

学会不再误读自己，学着不再误读、误判对方。

幸福不幸福

幸福，这个词语给人的感觉，似乎是甜美的。但真的是吗？如果说幸福是这样的味道，那婚姻就简单多了。实际上，甜美久了，你就不会意识到那是甜美了，你只会觉得单调，或者乏味。就像外人看着像在蜜罐里生活的男女，为什么会去冒险外遇一样，愿意自虐般地自找苦吃，他们以为那是另外一种美味。

幸福不幸福，听着绕口吧？

幸福，是一个伪命题。它像一个阳光下的肥皂泡一样，并不真实。王子和公主，婚后过着什么样的日子，有兴趣的可以查查历史记载。比如那个不爱江山爱美人的，放弃了王位的王子……

我们已经习惯于用幸福与否来衡量一个婚姻。实际上，幸福只是婚姻中的某些片段，只不过因为这些片段式的细节，有着美好的觉受，所以便会这样努力调试，那样努力调试，以为可以找到一个方法，让这些幸福的感受一直持续下去。

就像我们兴冲冲地嫁人，誓言从此幸福，过程中有江湖险流，也有和风细雨，也有平平无奇。

就像我们羡慕的许多人，稍加走近，发现那是一袭华美的袍，爬满了虱子。对婚姻最好的期待，就是不做期待。没有人是完美的，就像你本来觉得不怎么样的一个人，接触下来反而看到不一样的质感。而最初完美的人，原来里子有好多坑洞。

以前不懂得，谁一说自己如何幸福，就忍不住羡慕一番。后来发现，这真是浪费表情。不过人家也没有说谎，确实人家那时感受到了幸福。可人的心情分分钟在变化。今天幸福，不代表明天幸福，明天不幸福，不代表后天不幸福。

婚姻不是个意义单一的词，它是一个纵深的多义词。无须紧张，没有更多的技巧，只要你足够真诚，接受过程里多是平平无奇的日子，如果有冲突，试着反思自己，已足够美好。

爱你成伤

当自己静下来的时候，往内心看，发觉从前的迷恋与激情，是粗糙的，粗重的，紧紧向外地抓取着，患得又患失。意悬悬的感受，不觉苦以为甜。

人心变，有时变得那么细小，甚至一个自己不喜欢的小细节，在对方身上出现，你的情绪会波动起来。如果一些自己不喜欢的小细节累加，到一定程度，就可能变心。而且理直气壮，认为是对方的错儿，是对方的表现让自己失望。

每个人都是有问题的。如果你不足够包容，你在婚姻里设置了一个标准，对方没有达到，就是不爱你，就是错的。那幸福的质量就完蛋了。

打个比方。你认为要把桌面擦到95分，对方只达到60分。这个表现，你怎么想？你以为对方在敷衍了事儿，不重视你说的话，不重视就是不爱你。冲突由此就出现了。类似的细节，再累加一段时间，你心里是什么滋味儿？

有人问，那幸福到底是什么呢，是怎么样的一种样子呢？

"福"这个字，拆开一下，左边是一件衣服，右边是一口田。引申一下，要求是分母，幸福是分子。你要求得越少，你幸福越多；你要求越多，你幸福的感受越少。

说一个人有底蕴，不是这个人表面的东西，更不是这个人的房子、车子和地位，也不是存折。而是这个人给人的感觉，从内里散发着的一种有质感的感觉。

幸福的底蕴也如是。是去掉那些外在的指标。是当你明白了向外抓取，是一个错误动作时，开始听一下内心的声音时。
向对方要得越多越累，要得越少越放松。不要只给，就更舒服了。

"爱你，直到成伤"这个句子，是诺贝尔和平奖得主特蕾莎修女说的。

你一定奇怪，她怎么会说出这样一个句子。

其实她并不是指男女之间的爱情成伤。而是付出，用全部的力气与心力付出，对待每一个需要帮助的人。而她自己到临终的时候，只有一件换洗的旧衣，什么都没有。她并不想得到什么，她得到了全世界的敬与爱。

对爱人，对周围的人，你是真心对待，还是心里嫌弃表面假装，对方是感受得到的。

那么，幸福的底蕴是什么？就是你真心对待对方、不求对方回馈，到了哪个点上，自己能认知到那个水平线的幸福。

一个缺口

一代武侠小说大师金庸走了。他留下的那些小说还在不时地被翻拍。那些男男女女打打杀杀的源头，都绕不过一个"情"字。

比如杨过和小龙女。经过十八年的分离，重聚时，小龙女说，我的过儿长大了。这句话让很多走过了情感千山万水的人们，温暖又疑惑，为什么要等十八年，为什么两个人一个被污一个身残？及至走到一定年纪，看到生活中发生的很多真实故事，才明了，哪有什么一边倒的幸福，所说的幸福，都是有缺口的，或者说幸福需要一个缺口。或大或小，不经过历练的幸福，基本都是童话。

这个缺口是有疼痛感的，就看你怎么对待。

记得在一次聚会里，一个成长中极其顺利的女子说，她是跳舞的，但是她的腿在一次排练中却突然受伤了，是那种再也不能跳舞的伤。她是心高气傲的人，为此在低谷好久。她在分享中说，就是因为自己太顺了，需要这个事儿出现来破一下。

这个缺口，是疼痛的。因为接住了这个伤，她真正的成长了，成为一个谦卑的人。

幸福，是一个有分量有质感的词语，是两个人面对风雨时的互相取暖。那些透过缺口的细节，就如细细的光，累加起来，成就了幸福的质感。

杨绛写的《我们仨》里面，与钱钟书在国外也好，农场也好，那些风、那些雨雪中，他们的日常，如这些细细碎碎的光，成就了一段伉俪佳话。

我们是凡夫凡妇，想避开苦和痛，只要甜美的那一面，趋乐避苦。但是，你要了 A，就肯定有 B。那两面同时存在，谁也不能避开。而且不经历练的幸福就像泡泡，像闪婚闪离一样，美得闪闪发光，风一吹就破掉了。

从缺口的暗影中接住透进来的光。这个手势，决定了幸福的质量。

撕标签儿

记得有个综艺节目的环节叫"撕名牌"，瞄过几眼，几个明星卖力地追着撕另外一个人身上贴的标签儿。挺好玩儿，让人感到一种解放感。如果生活中，自己被赋予或者被贴上的标签儿，能够撕下来，未尝不是一种解脱。

我以前，有时在脑子里，不经意间就悄悄给人贴标签儿，比如有连续迟到，答应的事儿没有做，连个招呼都不打，我就会给其贴上"此人不靠谱"的标签儿。有人喜欢聊荤段子，我就给人贴上"黄色专家"的标签儿。对于离婚成瘾者，就贴上"朝三暮四"的标签儿……

有天，我发现让我贴上标签分了类的人，在另一个人嘴里，却是另外一个样子。我受到了触动。自己的标签并不是真理啊，我看到的一面，不是完整的。还有别的角度。

自己给人下的定义，原来有这么多的可商榷之处。从此再也不敢绝对化地评价一个人。并且那个当下，就开始撕掉那些标签儿。在脑子里去掉这些定义之后，神清气爽。再看那些被我分类的人，原来有着那么多闪闪发光的点啊。

在婚姻生活中，我们因着对身边人的熟悉，会不自觉地给爱人下定义，贴上这样那样的标签儿。然后对方稍有差池，我们就会说，你看你，还是那个熊样儿。你就是啥啥人儿。你看看你……

这样几次下来，对方不冲着你定义的去才怪呢。你给他贴个"懒人"的标签儿，他能勤快吗？你给对方贴个"抠门儿"的标签儿，他能大方吗？你天天骂他窝囊废，他能干练起来吗？

那些负面定义的标签儿，会成为一座隐形的大山，压在你的心上，投射到他的身上。又怎么容易翻身呢？

撕掉标签，是一个解放的动作，只需在你的脑子里清除了，对方就会感到身轻心安。如果你再进一步，可以给对方换上正能量的标签儿，勤快、大气、忠诚等。

其实女人也不是自己非要一个什么礼物，其实要的就是一种收到礼物时的感觉，被放在心上的感觉吧。

有一种爱叫作在乎你的意见

　　无意中点开一个电视访谈节目，胡可谈她的夫妻互动。她说，沙溢不浪漫，后来她直接说了自己要礼物，然后她老公说，钱不是都给你了吗？胡可说，我要你的钱，也要你送礼物。

　　这下男的明白了。出去拍戏时，会抽时间选礼物给她。这让她非常感动。

　　胡可说，她最感动的还不是礼物本身。而是每次她提出老公需要改进的地方，他都很重视并且努力改进。对于夫妻感情越来越好的原因，她说除了在乎对方的意见，就是女的尽量不要做全职太太，总得有个事儿做，使自己保持一种成长的状态。这样两个人在对方眼里，就是动态成长的。这就会是有活力的婚姻。

　　这个时候，主持人说，其实女人也不是自己非要一个什么礼物，其实要的就是一种收到礼物时的感觉，被放在心上的感觉吧。

　　在周围那些散掉的婚姻里，各有各的原因。但细一琢磨，其实都是想改变对方，对方不但没改，还变本加厉想改你。沙溢之所以愿意改变自己，首先胡可表达得比较明确，其次胡可也是一个很愿意付出的女人。她在某档综艺节目里说过，我们家三个孩子。足以说明她对自己丈夫的包容与爱护。

网上太多的文章在教女人怎么和男人斗，用心机的，都是在枝叶上忙活。根儿上是自己先重视对方的意见，把让对方难受的细节先改进了，打个样儿，对理顺感情有指路明灯的作用。

夫妻相处的一个重要细节，就是真正在意对方的意见。而不是假装在意，然后绝不改变。那只会让对方一再地失望，冷了心，咋过嘛？

为什么有的人变心了就是一去不复返，那不是一天两天的容忍了，你总也不在乎对方说的做的，总有一天对方会收回全部的好。

以敬养爱

一位把爱人从离婚边缘拉回来的主妇，分享她的经历：当时丈夫都搬出去了，下家都找好了，就等着跟她办手续了。

她狠狠地骂和哭。哭痛快后，开始回忆自己与他的那些冲突。

比如，他不愿意家里住外人，她觉得自己娘家的人，不是外人，就直接让住了，他回家看到后就发飙了；每次回乡下老家，他都开车把她和孩子送到就想走，她觉得不太合适就非让他住一宿再走。住是住了，回家好几天都不理她。他喜欢吃得淡一些，她喜欢咸辣厚味一些，所以就不太注意给佐料的量……

在这些较量中，争吵最厉害的时候，两个人互砸对方的手机。她当然很委屈，觉得男人太不可理喻。细节的摩擦，积压到一定程度。某次争吵变成了离家的最后一根稻草。

她试着理解他。想起他说过自己有洁癖，不喜欢有人到家里住，也不喜欢住别人家。她想，不管离与不离，就从尊重他本人的习惯开始。只要有人要来家里，她就直接婉拒了。

后来他回家探查，发现了她的变化，包括菜的口味。另外就是不论他处在怎样的状态，她都不再唠叨他了。他感受到了一种宁静接纳的气场。

后来故事发生反转。他毅然回家了，而且对她越来越好。有一次家里来了亲戚，他不想见就躲到自家楼上去了。她一个人出面热情招待，中途抽空跑到楼上给他送些吃的。两个人聊了一个简洁的天儿。他说，你能尊重我真好！谢谢你！

那一刻，她感到自己真做对了。

她跟我分享说，其实两个人携手进入婚姻后，出现冲突，就是都想把对方掰过来，变成自己希望的样子。如果能够尊重对方本来的样子，和而不同，就会呈现幸福的样子。就这么简单。

尊重是爱的最基础的土壤。对自己的爱人，你是发自内心地尊重了吗？

当爱变得缥缈时，试试以敬养爱。

语气，比台词重要

几个女人聊天，一个说，她先生说，她跟他说话的语气，就像教训儿子似的，先生特别反感。另一个说，她心里一不舒服，那语气，她那位就感到地震了。还有一位更有意思，她说她比较内向，她在心里说，不满的语气，也会通过表情传达出来，她老公就离她远远的。

台词再好，你语气不好，啥效果都没有。

有的人表达，骂人的话都爱听。为什么？就是语气，透出来的是善意，不是真骂。所以让人不反感。

在一群人里面，大家最烦的是什么人？就是直愣愣的人，指的还是语气问题。比如，做饭去，这三个字，如果你用软软的语气说，对方感受没有压力，不管动不动地方，心情都会愉快。如果你用命令的语气，或者很烦的语气试试，看对方跟不跟你急。

《乱世佳人》中，斯佳丽对白瑞德和卫希礼两个男人，都说"亲爱的"这个词儿。效果呢，她的丈夫一下子就能听出来她爱的不是自己，而是卫希礼。就是感受到了她发出的语气不同，再加上眼神等一些小细节，就给婚姻埋下了一个炸弹。最后白瑞德在受到一次大的冲击后，突然离家。

语气发得好不好，还得看心里是不是真的在意对方。

在两个人的相处中，不管如何，自己的语气不让对方起反感，是第一要素。这是最起码的。在气头儿上，宁可狂跑出去，也不要用杀死人的语气吼叫。

夫妻相处的修养，其实才是考量人性的重点。因为你在外面，或多或少都有些扮演的成分，只有在家里，才会放松下来。这个时候，才能看出，自己是一个什么样的人。

在婚姻中，你的语气，暴露的是你最真实的个人素养。

爱不爱是其次，能够用比较温和的语气，善待对方的听觉感受，这也是一个婚姻中人的基本修养。

"尊重"是一个小词儿

有人在网上分享，自己第一次尊重了对方的情绪，得到的温暖回应。

她的小宝，每天的作息，是要先吃饭接着休息二十分钟再洗澡的。后来突然停水了，怕打乱孩子的作息，就可着那些水给孩子做饭加洗澡了。她先生给孩子洗澡时，怪她不知道事先多存些水。她顶了一句，我哪知道突然停水了呢？然后她先生就发飙了，说，每次都是你有理，你什么时候能没有理一次呢。

她本来还想顶他，看到他疲惫的背影，就想，他累了一天了，饿着肚子照顾孩子，他得多辛苦呢。然后，她悄悄地用余下的水，做了一个他平时爱吃的下饭菜。等安顿了孩子，她叫他来吃饭。他还气闷的样子。她盛了饭，把筷子塞到他手里，他吃了一碗又吃第二碗时，所有的气和疲惫都消了，两个人开始有说有笑地悄悄交流小宝近期的变化了。

那次的良心发现，她觉得自己做对了，找到那么一点儿窍门儿了。尊重对方，其实不是口号，就是实实在在的，尊重那个背影里透露出来的情绪，心疼这个人，然后给他那个当下他需要的，且是他喜欢的。

如果她做的菜，是她喜欢的而不是他喜欢的，也达不到这样的心通的效果。

尊重对方的感受，尊重对方的情绪，看着都像一个大词儿，不好下手。所以遇到突发的冲突时，总是无所适从。要么相对着大吵，要么就是一方或双方生闷气，好几天都缓不过来。

夫妻关系是一个最微妙的情绪交互关系，一方情绪动，双方都动。孩子也受影响会动。这些动，都是阴面和负面，对身心健康都极不利。

它是一个累加的过程，如果用细微的感受，去转化这些情绪，用细节的行动去转到阳面和正面，就是好日子的积累。

不舒服的边界

其实也不是有意的，有时对方的一句话，或者一个动作，自己就突然不舒服了一下。但是，觉得事儿小，就咽回去了。一次又一次，积得多了，到了某个点上，会成为一个大的爆点。

和一个女友交流，她说她就是那样的人。比如，平时有人求她办什么事儿，本来她并不想办的，她也说可以。但是对方等了好久，没有动静。就自动取消了这个请求。在成人的世界里，没有动静就是拒绝。

她在婚姻中也是的。比如，天气热的时候，婆婆舍不得再开一个空调，就到她和丈夫的房间里蹭凉。她感到小小的不舒服，但是她压回去了。

后来，随着时间推移，婆婆的入侵版图越来越大。随时推门进来整理卫生，让她吓一跳。周末叫上几个人来家里打牌，哗啦哗啦的洗牌声，顺着门缝往里灌，她在房间里翻来覆去地睡不着；当着她的面，和她先生说谁家的媳妇没有眼力见儿的种种细节，好像影射她似的。她只能无语。

这些小小的不舒服感越积越多，终于有一次，婆婆又进来整理她和先生的房间，一边又唠叨上了。她狠狠地爆发了一次，说这是她的地盘她说了算。然后关系就陷入了冬天式的僵局。

婆婆说不想再看到她。她就顺势搬了出来。

其实，小两口独立出来这个结果，是她五年前刚结婚的时候就想要的结果。那时候，好说好商量的，大家都是一团和气，互相没有不满。可惜……

她忽略了关系中非常重要的一个点。就是最初，婆婆做事时，让她感到的小不舒服，她要是婉转但坚定地，表达出来自己的界限，婆婆就不会一次又一次地把边界往她这边越移越多，让她越来越逼仄不堪。

从小处着手，有时仅仅是指，从对方的行为导致的那些小不舒服着手。要表达出来。让对方知道你的边界在哪里。

婉转且明白，这是最小的人际消耗成本。她说她直到现在还在弥补因为自己的发飙造成的后果。间接造成的丈夫跟她的关系变冷，只能缓慢地回春了。

不要因为面子，对自己那个当下的小不舒服不好意思，否则只会因小失大。

知其动，守其定

知其高，守其下。知其荣，守其辱。知其动，守其定。

随着年纪增长，对这些句子，有了些不同的认知。这里面的智慧，愿意思虑。自己所要修为的，就是心不随着外在的动而动。心要定。

看到好多追着事件的海浪跑，钻到牛角尖里出不来的人，生生把自己逼成半疯状态。对方动，自己就跟着动，跟着左冲右突。遍体鳞伤。

心就像多动的猴子，太难定了。但也正是这个不定，在动的过程中，有了各种可能性。自己能守住心，就是赢家。

幸福的技巧，只是技巧，一时有用，不会总是有用。那是不彻底的。天下最大的聪明，是不动心眼儿。说难也难，说易也易。

有次，听人分享：人的心情是变化不定的，比如八点三十分的时候，你还不快乐呢，但八点三十分一秒的时候，你一下子就心情好起来了。你自己都说不清楚，是怎么一回事儿。

就如天气阴晴不定，如果自己觉察不到自己的这种心情变化，也许一生都要被情绪的波，玩弄于股掌间。淡才能定，浓烈的东西，从来都不是常态。

最近在一些群里，看到各种控诉与震惊，以及一些招数自保。得与失；胜与负，少与多……二元对立着纠结，丧失了很多的能量。

年轻时，特别爱看虐人的情感，大起大落，故事性强，一波三折。后来，发现那些面相好的女子，都是平平静静地，淡然地过着小日子。欢喜也是淡定的。

生活本身的琐碎，已经足够消磨人的志气了。还用得着自找麻烦吗？我见到一些"作女"，经历过一些岁月后，或多或少，变得踏实一些了，脚踩在地上了，知道日子不是电影了。

包括我，买菜的时候，看到花，还是会买一支。回来后，细心地插在从前的花瓶里。再去煮饭。但不再把煮饭看成劳役，把插花看成小资。这两件事儿，都是一个心。没有冲突。

一旦进入二元的对立思维，心觉察得也更快一些，不会成为情绪叠加的奴隶。

在这样快速的日子里，能够守定，不被带跑，需要功力。成熟得好的麦穗，都是低垂着头的。安静地丰盈着。

心要成熟，心要定，勿轻动。

没合你意

前几天看一个群友说，她自小听妈妈说爸爸如何如何不好，她就认定自己父亲不好。后来长大了自己成了家，不自觉地，就感到自己丈夫这不好那不好，越来越看不上他。结果悲剧了，她和他生活了十几年，气了十几年，生了不少病。

她每次去看她妈，她妈还是在说她爸这不好那不好，她听着听着，忽然觉得，母亲说父亲不好，不就是很多事没有合她的意吗？如果判定一个人好不好的标准，是以合不合自己意为准，那不就太离谱了吗？

这样一想，她一下子顿悟了似的，心亮堂了。原来自己这么多年的认知标准，无意识地承接了母亲的思维模式，幸好她突然觉察了，顿悟了。回到家后，她再看自己的男人，就觉得他是真的好，能吃苦，性格又好，做什么事儿都不急不慌的。哪像她，做点儿啥，都像火燎屁股似的。

她的心好受多了。她妈再向她说父亲这不好那不好的时候，她就一笑了之。如果母亲说完了心痛快了，她就适时地说自己父亲一两个优点。她也开始变得不那么急了，不急着让母亲一下变过来，她在学自己丈夫的那种不着急，春风化雨，春天到夏天，哪是一夜之间就完成得了的。有时，还会更冷，但是知道，在往夏天的暖里走着，就有希望。在这个过程中，只问耕耘不问收获就是了。

如此，那一种豁然开朗的欢喜，不是狂热的，但会持续。

被童话洗脑的女人们

年轻时，自己是纯爱小说爱好者。如今自己写的字，也带着少女一样的纯情。而我的一个女友，很年少的时候，写的字就像一个风姿绰约的妇人。

不会怨恨写作者洗脑，因为我之所以受到影响，是因为我本身就是一个追求纯爱的人。这是自我内心的投射。

我那个写字风姿绰约的女友，后来凭着自己的绰约，嫁了有钱人，过上了绰约的生活。所以，你看，女人和女人是如此的不同。

我到现在，也还纯情着。但方向变了，以前不但自己纯情，向外的要求也要百分百纯粹。

当然，也改变了一些对感情的童话式认知。纯中染，善中恶，黑中白，苦中乐，也许，这才是人间本有的格调。

我后来笑谈自己的纯情，是强迫世界非黑即白，是小胳膊硬别大腿，不可能不疼。

以前，看到网上那些被颠覆的爱情，就觉得，还有这事儿？这不得拿刀剁了这个女的？或者那个男的？最近看到几则女星婚姻告急的新闻，人设童话均破灭。大女主的表现，高端大气上档次，反正就是这样吧，太阳底下还能有什么新鲜事儿。

一星选择发声谅解，一星保持高贵的沉默，都有一种潇洒之气。这些对童话破灭免疫的女人们，才是真正有力量的女人。精神独立才是真的独立。进有进的道理，退有退的原则。

被童话洗脑不可怕，可怕的是一再地不想醒来。

如果一个人的情与爱，百分百系在另一半那端，你要的纯粹，不一定是对方要的。你肯定会在破灭的时候，被那些破的碎片击中。你来不及躲开。或者说，你根本不想躲开。

一些被童话洗脑的女人们，感情一旦被杂染，就要死要活的女人们，可以学学一些大女主们，多向内觉察，听听自己的心是怎么一回事儿。

如果更深一些，照见五蕴皆空，何况感情，那真就自我超脱了。

爱人"杀手"

有一位婚后变得越来越忧郁的女子说，她的原生家庭，小时候给了她很多噩梦，她希望长大后，有一个温暖安全的爱人，再也不要哭着睡去。

结婚三年后，她发现爱人身上，具足了她原生家庭的特点，不尊重她的感受和人格，张口就攻击她这不好那不好。总之，不按他的来，就是错的。按他的要求来了，他又变了标准，还是她的错。随着时间的累加，她成了一个不怎么开口说话，基本不会笑的人。

最近接触了几个抑郁症患者，这是其中之一。除了原生家庭的原因，身边的爱人长期的负面评判，挖苦，挑剔，变心，冷热暴力等，多种原因加在一起，再加上时间的累加，造成了抑郁。

更为可怕的是，对方以为你在装病，在作，在逃避责任等，发表一系列摧毁式的言论。有时候，你的爱人，不是要爱你的，仿佛是来"要你命"的。

反过来亦是。也许你是那个"杀手"。你仔细看一下，你爱人的脸，现在变得愁苦郁闷相，就是被你无形中"克"成这样的。你无法免责。是不是自从跟你生活在一起之后，你的爱人，被你各种虐？

"能量"看似一个抽象的词儿，但你是不是真心爱对方，对方是能感受得出来的。语言可以骗人，感受骗不了人。这股看不见的能量，如果是正面的，会激发人积极乐观的一面，在日常中也易开心起来；如果你散发出的能量，多是负面的、对立的，非要干涉对方的偏好、思想，那你爱人有得受了。

如果你好久没有看到爱人的笑脸，他／她总是心事重重地，喜欢一个人待着，你跟对方说话的时候，会看到对方眼里的厌恶和恐惧，那你一定要反思一下，自己的心念和平时的言行，审视一下自己是一个怎样的心理，促使你用那样的负面重重的态度，对待爱人。马上改变还来得及。

好的夫妻，是平淡中有细节的温暖，有细水长流的一种安定心态。

"大资"张爱玲的爱情什么样儿?

不了解张爱玲的人,可能也知道李安导的电影《色·戒》,取材自她的小说。我读过她的大部分文字,算"张迷"。

忽然想起她的两个爱人,都是比她大很多的男人。于是想到了她的原生家庭,她与父亲的关系。

直到老于异国,她,都是一个缺失爱、内心苍凉的小女孩。

父式爱情

张爱玲与父亲支离破碎的关系,父亲与母亲动荡不安的关系,在选择爱情时,会不由自主添补自己缺失的那一角吧?

一个自小没有完整父爱的小女孩,内心有一个黑洞,似怎么填都填不满。像冬天抱着微火取暖,不撒手也没有用。

她希求着从爱上的男人那里,得到填补。她爱上比她大14岁半的胡兰成时,24岁。青春正好,名满上海滩。

胡兰成记录第一次见到张爱玲的印象,极其反差萌:"她坐在那里,幼稚可怜相,不像个作家,倒像个未成熟的女学生。"

第二次爱情,在异国,36岁的她,与65岁的赖雅结婚。相差三十岁。

胡兰成和赖雅，前者对女人的朝三暮四上，像极了张爱玲早年的父亲，结婚不到一年，胡就爱上了别人；与赖雅新婚刚两个月，赖雅就第一次中风，张爱玲在情绪上，如同小时候，面对不太健康的父亲。

就像一体的两面，让张爱玲心动的爱人，是从不同的维度，深入她的内心深处，治疗她缺失父爱的内伤。

后胡兰成另有所爱，她坐了船去找他。直观地看到他有了新欢，心死。那种当时麻木，事后悲凉的感受，与当年父亲对她的残忍，在感受上，又有什么区别呢？

被父亲击伤的小女孩

张爱玲在《我看苏青》中写过一个梦。

那个梦，让她后来哭了三次，一次是跟姑姑讲时，一次是跟朋友讲时，一次是在写信提到时。

那个梦，投射的是在香港求学的她。那个阶段，张爱玲还只是一个十几岁的少女。

"船到的时候是深夜，下着大雨"，她一个人拎着箱子，不敢惊动管理，准备在黑漆漆的门洞里过夜。忽然来了阔客送女儿，她才得以跟着进去。

她说自己是个很少流泪的人，哭必有因。

在那之前，她和父亲经历了不堪的分离。在《私语》里，张爱玲较完整地记录了与父亲决裂的前因后果。

父亲是一个遗少，日常吸食鸦片。在爱玲几岁的时候，外面娶了一房姨奶奶，爱玲母亲反应激烈，出洋去了。接下来张家的命运，比小说电影还有张力。

不久父亲与新娶的姨奶奶闹翻，姨奶奶走了。父亲人财两失，许是心情不好，吸食鸦片过度，快死了。她母亲回来，与父亲和好，那应是张爱玲最有安全感的一段时光。

她在《私语》里写道，"我父亲痛改前非，被送到医院去，我们搬到一所花园洋房，有狗，有花，有童话书……"看到母亲和胖伯母模仿电影里的恋爱表演，她坐在地上大笑起来，在狼皮褥子上滚来滚去。

后来父亲病好了，两人又经常激烈争吵，终至离婚，母亲又出国了。

导致张爱玲与父亲决裂的节点，是中学毕业那年，母亲回国。父亲觉得爱玲提出留学，是受了母亲的挑唆。

彼时父亲已经再婚。爱玲去母亲那里住了两周，回来就被后母打了一个耳光，反说是张爱玲打她。父亲冲下楼来，不由分说，拳打脚踢，把张爱玲打得躺在地上……她被禁在空房里，生了很重的痢疾，一病半年。

"差一点儿死了，我父亲不替我请医生，也没有药。"她平静地写道。

从父亲动手打她的那一刻，她知道有一种爱结束了，她苍老了。

苍凉的手势

张爱玲说她写作时，最爱用"苍凉"二字。不得不说，原生家庭对一个人的潜在影响是一生一世的。

张爱玲从童年到整个的少女时期，都是没有安全感的日常生活，小时候与她关系密切的，不是父亲，也不是母亲，而是一个叫何干的保姆。

她从香港回上海开始一段传奇，和姑姑住在一起。在某种程度上，姑代母职，在母爱那一方面，倒是没有缺父爱那么严重。

生在那样的家族，遇见那样的父亲，是她的宿命，她并没有过多地描写怨恨，除了在《私语》里的交代。

她留下的文字，成为张迷们津津乐道的谈资。从段位上，她是一个真正的"大资"。

张爱玲曾借小说主人公之口说："我想表达出爱情的万转千回，完全幻灭了之后，也还有点什么东西在。"

那是一个最苍凉的手势。就如同她与父亲的关系，完全幻灭了之后，仍然有点儿什么东西存在。

好饼和坏饼，是同一件事儿

近日娱乐圈又爆出大瓜，随后就是各种铺天盖地的评论，起初是一边倒地骂男演员，还有人迫不及待地跑到一个娱乐大号下面留言，希望产出一篇观点硬通、资料翔实的文章，得到的回复是：让子弹再飞一会⋯⋯

果然，两天后就有了不同的角度和声音。有的扒出三儿的豪奢，有的评论三儿的妈不是好饼，有的说男星放大招是被逼急了，原配至此，只能选择让这俩狗男女都鱼死网破了。

不是当事人，不评判。只说当下。

在爱着的时候，情到浓时，热火烹油，鲜衣怒马。有的没的说一些痴话。那个时候的话，不作数的。就像一只饼，在最好的时候，在最坏的时候，它是同一只饼，也不是同一只饼了。因为时间问题。

时间和各种因缘，会把好的变成坏的，坏到一定程度，又会转化。

以前读贾平凹的书，里面那句：美到极处，就是丑到极处。看不明白，觉得美就是美啊，丑就是丑啊，怎么会是同一个角度呢？

现在明白一些了。因为什么都是变化的。你以为的永远，其实在说永远的时候，已经在变化了。永远有多远，只要其中一个人起了变化，就不远了。

记得有一次在街上，看到一对年轻男女甜蜜得旁若无人。朋友指着这一对跟我说，都是无常……现在回头看，话虽短，意很深啊。

后来再观察周围的婚姻，就带了一种平和。闹得不可开交的，后来和了的有之，甜蜜如一个人的，后来分了的有之。不死不活地，十年如一日地维持的，有之。这个世间的情感，本来就不是非好即坏的。这些风云变化，就构成了情感的江湖和命运。

人物还是那些人物，那是怎么变成这样的呢？咱以为是故事，每一个情感故事的当事人，都有着在坏饼期如坐针毡的日夜，不知如何是好。

这个时候，要怎么办？

借用一句谚语，己所不欲，勿施于人。自己想幸福，就不要抢夺别人的幸福。否则，你的饼，也会被抢。就是不被抢，也有可能自行崩坏。

就这。

那些习而不察……

那一把栗色梳子，他总是用完就丢在洗手台上，我一次又一次放回原处，直到我某次开始抓狂……

当我在为对方把东西随手乱放，不时憋气的时候，对方正为我打理得清洁无比的洗手台压力重重……

习气是什么，就是你一直在做而不自知的细节的重复啊。当这些细节重复发生得让另一方开始怀疑人生时，就是罪过了吧。

我是一个婚姻理性悲观主义者，大修行者尚且有习气难断，况且自己这点儿觉察力。每每被别人的习气带跑，等觉察时，便开始叹气，又没有定住啊。

习气是一种习惯性的东西，习而不察，很难自己发觉，还以为自己一向正确。我以自己的标准要求别人，碰了钉子不止一次。比如我擦的厕所，擦得如五星级宾馆那样清洁，我就会要求别人也达到那个标准。

你达不到，好，我来教你，几次还达不到，我就会抓狂进而发飙。直到别人进行激烈反击，自己才会退回来反思：自己的标准难道就是硬性的吗？别人就不能擦得差一些吗？

我看到的是，我允许别人按我的标准，我不允许别人达不到。但是，别人有义务按我的习惯标准吗？这，也反映出我的习气，控制与完美主义。

以前常有人找我聊天儿，对自己的另一半碎碎念，受不了对方这个那个习惯。叹息着说，婚前，完全看不出来呀。

用心理学的名词比喻一下，恋爱时是超我，新婚是自我，久婚是本我啦，当然是后来才完全地展示出来，不用遮遮掩掩了。

想要把日子过下去，除了接纳对方的习气，还有就是双方一起修行，就像开车，要按着车道开。这样安全。

一个婚姻，在安全的基础上，再通过对方的眼睛，一点点修改自己的习气，就会舒服得多了。

好的习气，比如勤劳、惜福、不浪费等，当然是要保留的。所要互相修掉的，是那些克己克人的坏习气。

那个决断……

最近，娱乐圈几个好丈夫人设崩塌，具体就不提名字了。有意思的是，网友们发狠，替人不值，大骂人渣。身为当事者妻的人，却没有发声，颇有些沉默是金。

我想起从前的一桩古代官司，秦香莲告夫背叛家庭，包公伸张正义把陈世美斩了。丈夫惨烈地没了。秦香莲只好活着，回去接着过日子。

秦香莲后悔没有？那些睡不着的夜里，她会不会后悔，告了把丈夫整没了的这一状。我猜她并不是想让丈夫死，她是想让丈夫回一些心，转一些意。继续过日子。

包公不会后悔，刚直不阿秉公执法。你违反了什么，就得承受什么。

现代女子，不一定忍辱负重，但一定是知轻知重，什么是对自己好的，什么是对自己不好的。在情绪激烈起伏的时候，发声是不智慧的，说的什么，被情绪裹胁，不具有采信性。毕竟有名有钱的中年女子，什么阵仗没见过呢？

干吗非把自己的伤和痛展示给众生呢？众生也不能替自己痛。自己躲起来，一声不吭，不失为一种风度。理解自己的人，自己也接纳的人，会心有灵犀地递出隐性的力量，不会用力过猛。

决断，对于局外人，都能客观。如果换上你，你决断得了吗？最易变的是人心，你今天出了手，出了招，也许明天你就后悔了。

自位不知他位，谁苦谁知道。

感情的事，个人认为，根本不是男权女权的问题。你是女人，你带着女人的习性，重情重过往，你就做不到杀伐决断，快意恩仇。你们再有一个共同的孩子，更会心生烦恼，不知何去何从。

男人的属性，从来比女人更重逻辑，在感情上亦是，淡了，出轨了，反正就这样了。不过了也行吧……

并没有那么多的左右思量。

在情海里，谁是谁的？

批评家

近日娱乐圈又爆出一个大瓜，某对夫妻离婚不久，开撕，互黑。吃瓜群众乐此不疲，留言评价，揣度谁对谁错，谁真谁假，谁好谁坏……

对错与否，与我们无关，当事者才是真正的感受者。从那些互撕的文字里，我看到的基本是批评的格调。隔着屏，能感到负能量扑来的压力。索性关掉。

谁愿意自己的身边住着一个批评家呢？

有人说，那是爱之深，责之切。我不那么看。

你找的是一个爱人，互相给对方爱的人。而不是像一个教导主任一样的人。如果遇到一个，你怎么做都不对，都能让对方找到批评的点的人，那么恭喜你，你有可能成为一个哲学家。那么也提醒你，你也有可能成为一个抑郁症患者。

我认识的一位年轻朋友，他说在他的原生家庭，他是那个怎么做都不对的人。向左也批评，向右也批评，弄得他不知道怎么做是对的。直到离开原生家庭很久，都还在挣扎……

在心理学上，这属于内聚性的自我没有建立好。成长中被负面的批评所影响，变成了自己人格的一部分。这样是无法感到真正的平静与幸福的。

如果你是一个批评家，请你嘴下留德吧。别对身边最亲爱的人下口。好好地往回观一观，批评一下自己。感受一下如何？

爱人，爱人是用来爱的，不是用来批评的。不是用你那一套人生标准，或者婚姻标准来衡量与批评的。

作为爱人，有权让这样的伴侣闭嘴。如果还是喋喋不休，那就拉开距离，别让那个批评的声音，把你的日子，涂上一层雾霾。

你的快乐和什么有关？

有天晚上，和朋友微信闲聊，漫不经心的。过后往回翻看，发现其中隐着一些有趣的道理。关于自己的快乐与什么有关，这个严肃的问题，被解构得很轻松了。

朋友说，比如，你看到对方做的某个细节，你感到不对，你可以表达自己的意见，但是不要带着情绪和指责，只是表达自己的见解就可以了，不要去改别人。这样就非常快乐了。

举个家常小细节的例子，就拿炒蔬菜早几分钟还是晚几分加盐的问题，如果非要你对我错，而且各自拿出论据来，那再严重一点儿，就要放下锅铲叫嚣了。

对立的情绪一起，双方的心是堵的，顶着的，身体和心理都不舒服了，哪还有快乐可言呢？

你的快乐和什么有关？再换个角度。

朋友远在某国，寒冬里晒出的植物，把室内映得春光乍泄。那些花儿，从楼下一直排到楼上，让人感到这是一个多么热爱每一天的人。他说，他的快乐真不是攻克了一个科技难关，那是另外一种感觉。

他每天看到自己照顾的花草慢慢变得清香，和爱人坐在其间，慢慢吃一顿晚餐，间或有一句没一句地闲话二舅三伯，觉得那才是家。一个中年人的有生命力的家。

我也看到更年轻的一代，在做着世俗中看似无用，但特别郑重的义务工作，利他。脸上的自在与快乐，是挡不住的。觉得那样的年轻人背后的家，一定是一对稳定而正能量的父母。啥样的家，孩子出来就带着啥样的气度。在更年轻一代的人身上，看到那些温暖的细节，自己一向清冷的心，都感到被治愈了。

当自己跨越一种自利，让对方感到安心的时候，也有一种淡淡的快乐涌上来。在所有的快乐中，明了别人的所需，自己能为别人着想时，是一种不可多得的轻安喜乐。

前一段，网上有一爆款文章《改变自己是神，改变别人是神经病》，我后来找到源头，原来是出自一位出家师父之手，出家人也是宣讲改变自己的重要性，在这个问题上，世出世间无二无别。

也许，最久的快乐，就是从改变自己的习惯入手，慢慢地习惯变了，性格也在不知不觉中有所变化。与外在的对立随之减少。这时候，你再感受一下，那估计是成长后的自己了。

也许我们终其一生，所要修的，就是没有对立的一颗心。你的快乐，只和你自己的成长有关。

你冷感吗

有一个熟人非常爱运动，她的运动量，在我看来，快赶上运动员了。但是她非常怕冷。一冷她就穿得很厚，心情也会同时低落。

经过一些聊天儿，我看到了一个角度，就是她对周围的人都比较冷淡，包括对待另一半、对待孩子。开个玩笑，用温度计测量一下的话，也就在零上不到十度的样子。

至于另一半晚上什么时候回家，回不回，她都不过问。

其实，她从前也有过热情如火的阶段。她回忆说，那几年，她确实是很有热情的一个人。对另一半也是超级关心。但另一半经常让她失望，好心当了驴肝肺。一次又一次的伤，最后就是伤透了心的样子。因为怕麻烦，她也不太能处理日常的琐事，也就耽搁着。对孩子，她是出于母性的本能，但是要再多一些热，她也觉得勉强。

记得有一个角度，科不科学另说，我个人的感受是有一定道理。它里面说到，怕冷的人，基本上都没有感恩心。感恩心是一种温暖的力量，如果你对一个人的感恩之心发散出去，对方就感到温暖的流动，你自己本人，也会暖乎乎的。感恩心是一种暖意。

冷感的人不易感受那些美好的事物。评价也多数负面的。负面的评价肯定是低能量的。在中医上讲，精足不冷。这个"精"的出处，是从肾来的。肾主水，水要是冷的，人就是冷的吧。

为什么一个运动后的人，走到你面前的时候，会给你扑面而来的小热浪？身上变热了，组成身体的水性物质，变热了，又周遍运行及全身。是不是这样呢？

人当然不能过于热情，每时都在燃烧状态，但如果过于冷感的话，也不是一个健康之态。

女人本身是属水的，柔软的。作为母亲也好，作为妻子也好，最大的前提是，作为一个大活人，需有一定的温度。心冷身就冷，相由心生，热也由心生。

我们都会感到孤独，感到寂寞，想融入一种关系中。如果处在婚姻中，谁都想融洽地相处。但最初的热度之后，就热不起来了。

就这个问题，我请教了不止一个人，最后归结的源头，是爱的原动力问题。

一个人婴儿期与母亲的联结，没有得到温暖与安全感，长大后投射给了自己的爱人。与爱人相处时，最初的好奇与向好的状态，相处得好时，可以互相取暖。

但这是不安全的。对方随时有可能因各种原因不再给这个温暖与爱。有的心理学人士建议，首先建立与自己的联结，对自己散发慈爱与温暖，告诉自己，一路走来辛苦了，给自己点赞。

女人的成长，哪一天开始向内了，哪一天就有希望了。这是解决冷感最初的源头。请试试。

你要的是，比别人幸福

一

一个正在路上打拼事业的女子说，最近周围接触的基本都是成功人士，这让她陷入了很深的焦虑中，她目前正在调整自己的人生目标，让自己的财富和生命质量再上升一个格儿。之后就是各种纠结与权衡。

有天，她回家看到自己的另一半，还在原来的地方睡大觉，就想一脚把对方踹下地，大吼一声，还有脸睡？看看都被别人落下多远了？别人都幸福成什么样子了？你的心可真大。

还算安宁的日子就这样被打破了……

还有一次，打开手机，一个家长群里在晒娃。一个说自己的孩子决定去某国留学，已经拿了几个卡司，一个说自己的孩子在 985 保研了……

我隔着手机，似闻到了群里弥漫着不安与焦灼的气息。那些情况类似而没有拿到录取结果的，更添焦灼。原本还能知足的日子，就这样像打破了一只碗，瞬间感到不适。

我问过一个优等生，是真的喜欢出国读书吗？他说，其实自己也没有那么想出国，自己很怕那种举目无亲的孤独。他能感到，父母说随便他，只是一个表象，他们的内心深处，是想让他能够光宗耀祖，成为亲朋好友羡慕的焦点。很有面子。

你要的，似乎不是幸福，而是比别人幸福。如果低于别人，就会焦虑得难受。

二

最近发现，那些自以为很成功很幸福的人，也确实因为财富人脉，拥有着种种的优越便利。能不被这些所诱惑，确实需要定力。

人是易被熟悉群体所影响的，像前面提到的那个女子，如果不是突然进入一个那样求财富求成功的圈子，就不会焦虑到要把爱人踹床下去。

看看人家的豪宅，再看看自家的小房，那些安稳的小日子，就不像日子了。其实你还是以前的生活水准，和人一比，你就感受不到自己的幸福了。

和自己的物质条件差不多的人，人家突然的有什么上台阶的好事儿，你第一时间的感受却是，自己没有那么幸福了。其实你还是你呀，你过的还是你以前较为满意的生活水准啊，为什么会感到不幸福了呢？

这是个好问题。

你为什么会动心？你要的是比别人幸福，给别人看见的幸福，当然内心会动荡不安。如果一个人的幸福感受，是和别人对比才产生，那是不是很悲哀？

三

这是一个催生焦虑的时代。经常有这样的标题式的话——你如果不这样，你就如何如何完蛋了，你要是不那样，你就会被落下五十年，你要是不一天看多少书，你就会成为什么什么……

再加上无处不在的让人成长的广告，想不受影响，真的需要不一般的定力。

其实，每一个人来到这个世间，都是自带粮草和剧本的。你的剧本，肯定和别人的不一样。为什么非要放下自己的剧本，去拼别人的剧本呢？

是的，就是理论上懂得了，也还是会动心。别人的车，别人的房，别人的爱人，别人的孩子，都会像一面镜子，照见自己的心。

但是，你看见了吗，自己的心，偏向了哪一个方向？别人的，和自己何干？

在心理学上，有一种趋同性，你保持了你自己的状态，转头看到别人和你不一样，而且很兴奋的样子，你就会以为是不是自己哪里不对。这种假象，会牵引着你迅速去和他们同流。就是说，你走着走着，可能就被带偏，忘了初心。

当你在为不如别人幸福而焦虑的时候，不妨问一下自己，自己想要的，是怎样的生活？你达到了别人的标准，你真的就幸福了吗？

你要的幸福，是别人眼里的高级，还是自己内心真正的需求？

幸福是一个谎言

　　记得刚来到这个城市的时候，他忙得没日没夜，我一下子陷入铺天盖地的孤独里。无着落的下午，我抱着孩子，坐上公交车环城。孩子睡着了。晃动的电车二层像一个巨大的摇篮，到终点站了。我抱着酣睡的孩子，看着外面的人流车流。电车从终点站变成起点，再一次出发。

　　孩子仍在我怀里睡着。我是那么孤独。车外，整个城市的嘈杂，成了巨大而疏离的背景。

　　时间一站一站地向前，转弯，变化路线，那天下午的孤单感受，我却一直记得，有时会在梦中再现。

　　看了那么多的婚姻风景之后，那些幸福的人，有一阵儿成了痛苦的人，有一阵儿，那些不幸福的人，又觉得自己幸福了。很多的风景就在这样的转化中，人到了中年。

　　再往回观，我发现，那些幸福，那些痛苦，那些当时难挨的所有细节，就像巴士走过的站台，不论什么样的天气，你都要往前走。有晴天就有雨天，有天暖也有天寒。谁也不能跳过一些片段，直抵自以为的幸福。

幸福到底是什么？

走到今天，我感到她就像所有的风景一样，如梦如幻。发生着，过去着。也正因为它的不固定性，才会让人追逐不已。常常以为就在前面，一定有一个固定的幸福在。抵达了就一直待在幸福里了。

其实，没有一个所谓的幸福在前面的某个地方，让你像穿越迷宫，破了这种种机关，就拥抱到。你拥抱的，只是一个幸福的片段。接着，还会有一些你不喜欢的机关，考验你，折腾你，引诱你。

如果以十年为一个阶段，请试着往回看一下，是不是有些时候，你以为痛苦得不行了，但事实是，你不会一直待在那些痛苦里。就算你不去处理，那个状态也不会一直是原来的状态。时间一到，就会转变。

没有什么是恒常不变的。包括痛苦。只是一个幻境。

我们通常的思维都是二元对立的，以为离开了痛苦，就会变得幸福。我们更多的是待在这两者之间，摇摆不定。

自己的心，是否安住在此时此刻？如果每一个此时此刻，你都"看到"了心在其中的情绪变化，你其实在某种程度上，已经明白了幸福的真意。

一种善意

谁会一直在高点上呢。在高点上的时候，人很难完全搂得住，不现出得意的言行。当初有多得意，后来就有多失意。这是能量守恒。

幸福是一件很朴素的事情，是两个人的私事儿。有次一个离婚的朋友说，婚姻没有一个是好的。我说，你这话有些偏激了。幸福的婚姻是有的。我随手举了一个我亲戚的例子，两个人没有戏剧化的表白，就是朴素地对待着每一天。

不仅是对对方，而是对所有到身边的人，都是那种朴素的好。不会因为你没有社会地位，你丑你穷，就对你有慢待。

就是用真心待人。颇有那种"一真一切真，万境自如如"的状态。在那样一个巨大喧嚣的城市里，从容地生活着。

在这对夫妻那里，我看到的幸福，是一种真实的善意，从自家，一直延续到外面的人和事。所以反馈回来的，也是善意和自在。也有遇到坏的回应。但因为做的时候，并不是求什么，所以也不失望。还是一如既往，说是善意待人比较心安。

心安处是幸福。带着一种善意的光，温温的淡淡的。

当人处在一个幸福高点的时候，收着点儿，猫着点儿，不会有意无意的，刺激到那些在低点流泪的人，这本身就是一种善意。

也许你会说，那幸福不去张扬，岂不是就不那么痛快？

"痛快"这两个字，是一个短暂的词，只因岁月里有风雨。悠着点儿，带着点儿善意，才有滋味。

再谈习而不察

照破一个习惯性的模式需要多久?

有位主妇,每次和丈夫争执的点,都是因为买回家的东西的价格。男的总是买最便宜的。带着廉价的塑料袋包装,土土的小镇感。她看到了就恨不得顺手扔出窗外。男的却浑然不觉。

这位主妇喜欢买自己看来拿得出手的东西,价格会贵一些。男的看到买回的东西,不论是吃的还是用的,要么就拉着脸,要么就会批评她不会过日子。

每当这个时候,她就感到自己买回的东西被"强奸"了一遍,真想提刀把他宰了。

她算了一笔账,同样一千块钱,她可能会买一条牛仔裤,可以穿五年。而他,会买上十条,每一条拿在手里都软塌塌的,穿几次之后,裤子的膝盖处就变形了。

就是这么一个小习惯,两个人都感到对方不可理喻。她觉得他脑子有问题,价值观有问题,只看便宜不看质地。他觉得她不会过日子,净买贵的。

其实，在付出的总钱数上，两个人是一样的。这背后的价值观，才是两个人的冲突点。对物品的选择上，两个人有着各自的思考与使用习性。都对自己的习惯习而不察，都感到对方有毛病。

习惯性，变成了一种固化的思维模式，自己是不觉得自己有问题的。冲突是，人会看到对方的习性，看不见自己的。

为什么会习而不察呢？这就像你每天早上起来，洗脸刷牙一样，根本不会意识到什么，只是日子的一部分而已。你怎么会觉察到呢？婚姻中问题的产生，很多是这样的。

大哲学家说人生的目的，就是认识你自己！如果经由觉察，发现到了自己的一些习惯性的模式，而这些模式阻碍了和谐与幸福，照见了就是破的开始。

怎么能够照见呢？
就如刚才的例子。如果一方看到另一方拎东西回家时，感受到自己的心跳加快，就是要生气了。在这样的时候，你如实觉察那个此时此刻。

当你发现你和他，面对的是同一个课题的时候，就是对价格或者其他，各自有一套标准的时候，你接纳了对方的选择，你也就接纳了自己。

接纳是第一步，第二步是尊重，能够看到自己与对方的习性不同，彼此尊重，再努努力，走向和而不同。

但有一种例外，当你对对方的习性，习而不察了，也是一种和谐。前提是，这个习性不会让婚姻变差。

烦恼相

信息太多节奏太快的年代，大家都是向外求向外看的。然后找男人也是搞得特别快速，上相亲节目，搞几分钟派对相亲，然后不行，再找，换男人……总感到手里这款不是太对劲儿。如果你吸引来的男人都不能让你满意，那说明你该好好地修理自己这颗心了。

为什么呢？你是谁，就会吸引谁。你心灵的风水不好，所以才吸引来不可心的男子。如何修这颗心呢？

脸蛋你怎么收拾呢？你想让它美，就往上面涂脂抹粉，你加厚它。心呢，正好相反，你得清减它，打扫上面积的灰尘。这些年来，有没有停下来过，亲自擦拭它？这个心灵，非要你自己认识到了，自己动手，别人是无法帮你擦灰的。

一些女人，你不用问她快不快乐，生活的质量如何，你只需看她的脸，一副烦恼相，你就知道她内心有挣扎，有放不下，有不快乐。

那些一直压在心头的不快，那些一直动荡不安的情绪，都会反映在你的脸上。所以，修心就是擦灰，把心灵里的垃圾处理掉。你的心里天天装着不快、怀疑、担忧、痛苦、患得患失等情绪垃圾包到处奔波，你累不累？清理掉这些，你才会身心轻松，脸上也会出现隐隐的微笑。

具体方法：

1. 观想。当感到烦躁不安时，停下来闭上眼睛做一分钟的观想，或者直接面对情绪，自问，你们是从哪里跑出来的？不回避它。然后它反而会不再作乱，消失不见了。

2. 调整。如果你经常性地被同类型的情绪袭击，那么就要直面它们了，你内在里肯定有这方面的暗结需要理顺。如果是经常性地怀疑男人，无法建立信任，或者经常性地为了同类的问题和男友吵架，前者说明你从小都没有建设好你的情感安全链，后者说明你有可能复制了你原生家庭中父母的相处模式。有了这个厘清，接下来就好办了。当你明了，你就不会被动地陷入。

3. 验证。当你又一次碰到同类的情绪出现时，你突然能够觉察了，然后就把注意力调整到观察问题本身。当你进入这样的思路状态时，你就是一个会自己清理心灵垃圾的人了。所有的问题，当你找到它现象背后的情绪底端原因时，你就是清理成功了。

如果你愿意试一下修改自己的面相，在修改的过程中，你就会发现，你在烦恼状态下吸引来的人和事，渐渐远离你，而且，新的积极的人和事逐渐出现在你的生活中。

这个时候，你才发现，所谓的调整情感，夫妻关系，所说的那些针对外在、别人的技巧，都不如这个"道"来得准确。你自己变化了，和你相对应的情感、婚姻、事业，都会变化。

转烦恼为幸福，关键在于一念之转，别去转别人，你把自己的起心动念转成正面的能量了，就会心想事成。

续　杯

　　两年不见的女友，突然相逢。我意外惊喜，她整个儿的状态都变了，温润得让人想多和她待一会儿。

　　伊说，两年来，她一直注重清理自己的负性记忆，自小到大的，包括婚姻中的一些创伤。她感到自己如今轻松又舒服。她做了一个部门负责人，跟着她的几个同事，都很欢喜和她在一起。

　　婚姻中的那些不满和诉求，已经找到症结，因为不累了，没有对立了，自己敞开了，不臆想对方了，才发现，敞开、清理、对接后，原来自己误解和误读了对方太多。那些痛苦，原是自己内心的纠结，是自己成长中一直需要面对的问题。

　　她说知道感恩爱人了。那个一直以来，让她感到痛苦和遗憾的爱人，原来是带着使命的，是为圆满她的内在而来。

　　如果你不打开自己，不把内里存了很多年的垃圾扔出去，你买来再好的东西，也没地儿放呀。她是一个真实的实行者，过程起伏，也有退心，也有疼痛，因为要把一些陈年的盖子打开，把陈年旧事挖出来，再扔掉。有的旧事，已经和身体长在了一起，没有勇气和耐心，是得不到真正的利益的。

我听懂了她。就像在纷乱的世间，打到身上的一束白月光，那么美，那么清凉，带着微温的疼与笑。

从前的她，常常陷入人情事务中，一边做一边抱怨，尤其自己那个长不大的老公，事事依赖于她。每次与我通话，她的第一句总是：我太忙了太累了！来世再也不当医生不做他的妻子。
那时的匆匆见面，她的面色发黑，憔悴而焦虑。

她的生命质量，在两年中，出现了如此大的翻转，让我惊叹命运的恩赐。所有的苦都有意味。它会引领你。

俗俗地问她，能传授一点儿秘籍不？

她笑了，说，谁都可以做到啊。就是能真实地面对自己的纠结，真正地对自己敞开自己。对那些积年的垃圾，舍得清空，不要怕疼。夫妻本是一体的，你敞亮了，续进来真心，他自然回应同样清亮的温暖。

这个"真"，是真水无香，是续命神水，是日子质量和婚姻质量的关键所在。